나의 친구들

나의 친구들

———

에마뉘엘 보브 지음

최정은 옮김

일러두기

- 각주는 옮긴이가 작성하였습니다.

차 례

프롤로그   9

뤼시 뒤누아   30

앙리 비야르   37

뱃사람 느뵈   90

신사 라카즈   111

블랑셰   157

에필로그   169

역자 후기   176

프롤로그

1

눈을 떠 보면 항상 입이 벌어져 있다. 이빨에 뭔가 끈적끈적한 것이 붙어 있는 듯 텁텁하다. 자기 전에 이를 닦았으면 좋았을 텐데, 하지만 그걸 실천한 적은 거의 없다.

눈초리엔 늘 눈물 자국이 말라붙어 있다. 어깨 통증은 사라진 것 같다. 손가락을 벌려 이마까지 덮인 뻣뻣한 머리카락을 쓸어 올리자 잠깐 옆으로 젖혀지는 듯하더니 다시 눈 위를 덮어버린다. 꼭 새 책을 펼칠 때처럼.

턱을 끌어당겨 보니 수염이 자라 목 언저리를 찔러댄다. 아직 목덜미엔 약간의 온기가 남아 있다. 나는 간신히 눈을 뜨고는 침대 속의 온기가 식지 않도록 시트를 턱까지 끌어올리고 반듯이 누운 채로 그렇게 가만히

9

있었다.

나는 습기로 얼룩진 벽지 여기저기에 공기가 들어가 들떠 있는 옥탑방에 살고 있다. 방 안에 놓여 있는 가구는 길거리에서 내놓고 파는 골동품들 같다. 작은 스토브의 연통에는 붕대로 무릎을 감아 놓은 것처럼 헝겊이 칭칭 감겨 있고, 창문에는 더 이상 제 기능을 못 하는 블라인드가 비스듬히 걸려 있다.

누운 채로 기지개를 켜자 발바닥이 침대 난간에 닿는다. 마치 줄타기 곡예사가 된 듯한 기분이다. 어젯밤에 벗어 던진 옷들이 정강이 부근에 걸쳐 있다. 납작하게 눌린 옷의 한쪽 구석에만 온기가 남아 있다. 구두끈 끝쪽의 플라스틱 부분은 떨어져 나갔다.

비라도 내리면 방 안은 얼음장같이 차가워져서 도저히 사람이 살 만한 온기라고는 찾아볼 수가 없다. 창문을 따라 흘러내리던 빗물이 창틀의 방수 고무 사이로 스며들어 마룻바닥에 작은 물웅덩이가 생겼다.

그래도 구름 한 점 없는 하늘에 태양이 환히 빛나는 아침이면 황금빛 햇살이 방 한가운데까지 쏟아져 들어오고, 그 위를 파리가 이리저리 날아다니며 방바닥에 무수한 선을 그린다.

옆집에 살고 있는 아가씨는 아침마다 콧노래를 부르며 가구 배치를 새로 하는 일로 하루를 시작한다. 벽 건너편에서 그녀의 희미한 목소리가 들려오면 마치 축음기 뒤에서 살고 있는 기분이다.

나는 계단에서 자주 그녀와 마주치곤 한다. 우유 가

게에서 일하는 그녀는 새벽일을 마치고 아침 9시가 되면 집에 돌아와 청소를 시작한다. 그녀가 신고 있는 펠트로 된 슬리퍼가 우유로 얼룩져 있다.

나는 그녀처럼 슬리퍼를 신은 여자가 좋다. 다리를 무방비 상태로 내놓은 것 같아서……. 여름이 되면 그녀의 얇은 블라우스 아래로 가슴과 브래지어 끈이 비친다.

그녀에게 좋아한다고 고백했다가 거절당하고 말았다. 아마 남루한 외모의 가난뱅이라서 외면하는 것 같다. 그녀가 제복 차림의 남자를 좋아한다는 사실을 최근에야 알았다. 얼마 전에 공화국 위병대원과 함께 있는 걸 봤는데, 그녀는 총이 매달린 남자의 흰색 가죽 벨트 밑으로 손을 찔러 넣고 있었다.

다른 옆집에는 항상 심하게 기침을 해댈 만큼 병색이 완연한 영감님이 살고 있다. 관자놀이에는 늘 굵은 핏줄이 튀어나와 있고, 등 쪽의 양 어깨뼈는 마치 혹처럼 불거져 있다. 겉옷을 걸쳐도 끝자락이 허리까지 내려오지 않고, 주머니는 아무것도 들어 있지 않은 듯 흔들흔들 펄럭거린다.

영감님이 짚고 다니는 지팡이 끝에는 고무가 달려 있다. 불쌍한 영감님은 그 지팡이에 의지한 채 손잡이에서 절대로 손을 떼지 않고 한 계단 한 계단 기듯이 오른다. 그래서 나는 영감님과 마주칠 때면 단숨에 영감님을 추월하기 위해 숨을 크게 들이쉰다.

일요일엔 딸이 영감님을 만나러 온다. 영감님과는 달리 그 여자는 참으로 우아하고 고상한 인상이다. 안감을 앵무새 날개로 짠 듯한 코트를 입고 다니는데, 너무나 화려한 안감이어서 뒤집어 입은 게 아닐까 하는 생각마저 들 정도이다.

모자도 최고급품인 듯하다. 비가 오는 날이면 모자가 젖을까 봐 택시를 부르는 걸 보면 알 수 있다. 그 여자한테서는 항상 향수 냄새가 난다. 싸구려가 아닌 명품 브랜드의 향수 냄새이다. 아파트에 사는 모든 주민이 그 여자를 싫어한다. 불쌍한 아버지는 돌보지 않고 사치만 부린다고 다들 수군대곤 한다.

르쿠안 씨의 가족도 나와 같은 층에 살고 있다. 새벽녘이 되면 르쿠안 씨 집에선 언제나 자명종이 울린다. 르쿠안 씨에게는 늘 예의 바르게 행동하는데도, 그가 나를 싫어하는 게 분명하다. 느지막이 하루를 시작하는 나 같은 인간은 도저히 용납하지 못하겠다는 표정이다.

저녁 7시가 되면, 르쿠안 씨는 작업복을 겨드랑이에 끼고 영국 담배를 피우면서 귀가한다. 그래서 아파트 주민들은 르쿠안 씨 같은 노동자들이 돈을 많이 번다고 생각한다. 르쿠안 씨는 기골이 장대한 남자로, 칭찬 한 마디만 해주면 당장 신이 나서 굵은 알통을 과시한다. 하지만 작년에 4층에 사는 여자가 그에게 1층까지 여행 가방을 옮겨 달라고 부탁했을 때, 힘이 세기로 소문난 그도 너무나 많은 짐 때문에 가방을 옮기기는커녕 가방 뚜껑이 닫히지 않아 꽤나 고생을 했다.

르쿠안 씨는 누군가 말을 걸면 상대를 뚫어져라 쳐다본다. 상대가 자신을 바보 취급하는 게 아닌가 하고 의심하는 것이다. 그러다 작은 미소라도 보이면 그는 이내 자랑을 쏟아내기 시작한다.

"잠깐, 당신 내 말 좀 들어 봐! 지난 4년간의 전쟁에서 내가 말이지…… 독일군도 내 앞에서는 꼼짝 못 했어! 이래 보여도, 아직은 아무도 날 맘대로 대하지 못한다고!"

어느 날인가 우연히 마주쳤을 때, 그가 나에게 이렇게 소리쳤다.

"게으름뱅이 같으니라고!"

나는 너무 놀라 아무런 대꾸도 할 수 없었다. 나는 그 말을 듣고 나서 일주일 동안 그에게 해코지당하는 게 아닐까 싶어 불안에 떨며 밤잠을 설쳤다. 얻어맞을지도 모른다. 죽이고 싶을 만큼 나를 싫어하고 있는지도 모른다…….

내가 르쿠안 씨 같은 노동자들을 얼마나 사랑하며 그들의 삶을 얼마나 동경하고 있는지, 또한 일자리가 없는 내가 하루하루를 근근이 살아가기 위해 얼마나 힘들게 생활하고 있는지를 그에게 꼭 알려 주고 싶었다.

르쿠안 씨에게는 딸이 둘 있는데, 가끔 아이들을 때리기도 하는 것 같다. 아이들의 종아리엔 매를 맞은 자국이 선명하다. 모자를 고무줄 끈으로 단단히 고정해 쓰고 다니는 아이들의 얼굴에서 자주 어두운 표정을 발견하곤 한다. 나는 그 아이들이 좋아서 계단에서 마주치기라도 하면 언제나 먼저 인사를 건네지만, 아이들은 대꾸도 없이 뒷걸음질을 치다 느닷없이 뛰어서 도망을 친다.

화요일은 르쿠안 씨의 아내가 빨래를 하는 날이다. 빨래통에 물이 가득 찬 소리가 들리는데도 하루 종일 수도꼭지를 틀어 놓는다. 그녀는 늘 유행이 지난 속치마를 입고 다니고, 하나로 묶은 머리는 숱이 없어서 그런지 머리핀만 두드러져 보인다.

그녀는 가끔씩 나를 물끄러미 쳐다보곤 한다. 하지만 나는 눈도 깜짝 안 한다. 나를 올가미에 걸려는 속셈이겠지만, 가당치도 않다.

나는 이불 속에서 나오면 늘 침대 끝에 걸터앉아 한동안 무릎부터 발끝까지 다리를 흔든다. 넓적다리의 털구멍이 거무스름하고, 발톱은 길게 자라 뾰족하다. 사람들이 보면 절로 고개를 돌릴 만큼 민망한 몰골이다.

햇빛이 드는 아침에는 침대에서 일어나는 먼지가 일순간 빗방울처럼 반짝인다. 그것을 바라보며 일어서면 머리가 어질어질하다. 하지만 그런 현기증은 금방 사라진다.

나는 먼저 양말을 신는다. 양말을 신지 않으면 바닥에 어지럽게 널린 성냥개비들이 발바닥에 들러붙기 때문이다. 그런 다음 손으로 의자를 짚고 바지를 입는다. 구두 밑창을 들여다보며 앞으로 얼마나 더 신을 수 있을지를 계산한다. 그다음에는 어제 세수할 때 생긴 물때로 눈금처럼 선이 그어진 세숫대야를 양동이 위에 올려놓는다. 그러고는 다리를 양옆으로 크게 벌려 상반신을 깊이 숙인 채로 세수를 한다.

세수할 때는 멜빵을 어깨에서 풀어 허리 쪽만 고정

한 채로 바닥에 벗어 놓는다. 이것이 나의 세면 규칙이다. 군대에 있을 때도 이런 자세로 야전용 작은 냄비에 얼굴을 씻곤 했다. 지금 사용하고 있는 세숫대야는 너무 작아서 양손을 담그면 물이 넘치고 만다. 거의 다 닳아 작아진 비누는 더 이상 거품이 나지 않는다.

나는 손과 얼굴의 물기를 닦을 때 늘 같은 수건을 사용한다. 만약 내가 부자가 된다 하더라도 이 습관은 바뀌지 않을 것이다.

세수를 하고 나면 기분이 좋아진다. 코로 숨을 쉴 수 있고, 이빨 하나하나의 윤곽이 뚜렷하게 느껴진다. 손바닥도 점심 무렵까지는 깨끗할 것이다.

모자를 쓴다. 모자의 챙이 비에 젖었던 탓인지 위쪽으로 말려 올라가 있다. 요즘 유행하는 스타일로, 모자 뒤쪽에는 리본 매듭이 달려 있다.

거울은 창가 쪽에 걸어 두었다. 나는 밝은 곳에서 정면으로 내 모습을 바라보는 걸 좋아한다. 그러면 훨씬 잘생겨 보이기 때문이다. 뺨과 코, 턱에만 햇빛이 비치고 다른 부분은 그림자가 진다. 태양 아래에서 찍은 사진 같다.

거울에서 멀리 떨어져서는 안 된다. 싸구려 거울이라 조금이라도 물러서면 형체가 일그러지고 만다. 콧구멍, 눈가, 어금니를 빈틈없이 체크한다. 어금니에 충치가 생겼다. 아직 빠질 것 같지는 않지만 조금씩 부스러지고 있다.

가끔씩 다른 거울로 옆얼굴을 비춰 보며 나의 분신을

보는 듯한 착각에 빠질 때도 있다. 꽤나 재미있는 일이다. 영화배우라면 이런 재미가 뭔지 알 것이다.

창문을 열면, 바람이 들어와 방문을 흔들어 댄다. 벽에 붙어 있는 전쟁 포스터도 펄럭펄럭 덩달아 소리를 낸다. 어느 집인지 모르지만 창가에서 카펫의 먼지를 터는 소리가 들린다.

창문을 통해 납으로 만든 푸른 지붕과 굴뚝이 눈에 들어온다. 햇빛이 비치면 아지랑이가 피어오를 때처럼 에펠탑과 탑 중심부에 있는 엘리베이터가 흐릿하게 보인다.

외출하기 전에 방을 한 번 둘러본다. 침대는 이미 차갑게 식었다. 이불 속에 있는 깃털이 밖으로 삐져나와 있다. 의자 다리의 접합 부분 장식이 떨어져 나가 구멍이 뻥 뚫려 있고 접이식 원탁의 널빤지가 부러진 채로 매달려 있는 게 보인다.

이 방에 있는 가구들은 원래부터 아파트에 구비돼 있는 게 아니라 죽은 친구가 내게 물려준 것들이다. 친구가 죽고 나서 가구들을 이 방으로 옮겨 올 때, 나는 다른 사람의 힘을 빌리지 않고 직접 유황으로 살균 작업을 했다. 전염병이 무서웠기 때문이다. 그렇게 조심하고 주의를 기울였는데도 나는 아주 오랫동안 불안감에 시달렸다. 나는 살고 싶다…….

코트 소매 안감이 너덜너덜해져서 팔을 넣을 때마다 거치적거린다. 왼쪽 주머니에 군대 수첩, 열쇠, 그리고 뻣뻣한 손수건을 집어넣었다. 나는 왼쪽 어깨가 오른쪽

보다 올라가 있다. 왼쪽 주머니에 넣은 물건들의 무게로 인해 오른쪽과 균형이 맞을 것이다.

방문이 고장 나서 완전하게 열리지 않기 때문에 밖으로 나가려면 코트 단추를 제대로 채우고 열린 틈새로 조심스럽게 빠져나가야 한다.

복도의 타일에는 군데군데 금이 가 있다. 벽에 나 있는 작은 창문에는 폭을 조절해서 열 수 있도록 세 개의 작은 구멍이 뚫린 철판이 달려 있다. 붙어 있다기보다는 철판이 창문에서 떨어져 달랑달랑 매달려 있다고 표현하는 게 옳을 것이다. 일반적으로 계단 손잡이 끝부분은 유리구슬을 붙여 장식을 하지만, 이 아파트는 벽 속에 들어가 있다.

나는 벽 쪽으로 붙어서 나선형 계단을 내려간다. 벽쪽 계단이 난간 쪽 계단보다 발을 디딜 수 있는 폭이 넓기 때문이다. 손을 더럽히고 싶지 않아 손잡이는 잡지 않는다. 대신 집집마다 열쇠 구멍에 꽂아 둔 열쇠 꾸러미들을 보며 내려간다.

기분이 아주 상쾌하다. 마치 봄이 되어서 처음으로 겨울 코트를 벗어 버리고 외출하는 날 느끼는 상쾌함 같다. 아직 잠자리에 있는 사람들이 가련하다는 생각이 들 정도로 상쾌하다. 눈썹과 귀 안에서 채 마르지 않은 물기가 느껴진다.

관리인 아주머니가 1층 현관에 깔린 매트를 난간에 걸어 놓고는 바닥을 쓸다가 노란색 브러시로 복도 바닥을 문지르고 있었다. 내가 인사를 해도 그녀는 대꾸도 하지 않은 채 내 신발만 뚫어지게 쳐다봤다.

그녀는 여덟 시 이후에는 집에 홀로 있고 싶어 한다.

2

나는 몽루주에 살고 있다. 이 근처에는 신축 아파트
가 늘어서 있어 지금도 새로 잘라낸 돌 냄새가 난다. 하
지만 내가 살고 있는 아파트는 신축 건물이 아니다. 벽
의 회칠이 너덜너덜하게 떨어져 있는 것만 봐도 이 건
물이 얼마나 오래된 건물인지 알 수 있다.

구식 건물답게 창문마다 두꺼운 창틀이 끼워져 있고,
꼭대기 층에 있는 집 천장은 그대로 아파트의 천장이었
다. 이 아파트는 창문을 열 때, 반드시 외벽에 붙어 있는
걸개에 창문을 고정해야만 한다. 하지만 그 걸개마저도
바람이 불면 금세 풀려 버리고 만다. 이 아파트를 설계
한 건축가는 번지수를 새겨 넣는 머릿돌에 자신의 이름
을 새겨 넣는 걸 잊은 모양이다.

아침나절에 이 근방은 무척 조용하다. 가끔 아파트의
관리인이 나와 거리를 청소하지만 자기 아파트 주변뿐
이다. 그가 청소할 때, 그 사람 옆을 지나가게 되면 나는
코로만 조심조심 숨을 쉰다. 가슴 가득히 먼지를 들이마
시고 싶지 않기 때문이다.

나는 느릿느릿 산책하면서 늘어서 있는 아파트들의
반쯤 열린 창문 너머로 안쪽을 들여다본다. 어느 집인지
이제 막 물을 준 푸릇푸릇한 화분이 보인다. 그 옆으로
그림을 그려 넣은 포탄의 금속 탄약통이 반짝반짝 윤이

나고 있다. 색이 다른 나무들을 붙여 지그재그 모양으로 깔아 놓은 무늬목 마룻바닥에 왁스 칠이 되어 있는 것도 보인다.

어쩌다 아파트 주민과 눈이 마주치면 난처하기 짝이 없다. 가끔은 커튼 사이로 하얀 천이 움직이는 게 보인다. 사람 머리 높이쯤에서 움직이고 있는 걸 보니 필경 누군가가 얼굴을 닦고 있는 모양이다.

근처의 작은 카페에서 커피를 마시는 게 나의 일과다. 깨끗하게 청소한 마룻바닥을 보면, 카페가 있는 건물이 지어진 지 몇 년이나 됐는지 대충 짐작할 수 있다. 납으로 만든 카운터 가장자리가 고르지 못하고 울퉁불퉁하다.

제1차 세계대전 이전에 유행하던 축음기가 벽 쪽으로 돌려 놓여 있다. 더 이상 쓰지도 못할 걸 왜 지금까지 저렇게 방치하고 있는지 이해가 되지 않는다.

카페 주인은 붙임성 있는 작은 체구의 남자로, 전투 소대의 후위 병사 같은 느낌을 준다. 그의 한쪽 눈은 의안이지만, 실제 안구와 거의 구분이 안 되어 어느 쪽이 진짜인지 늘 헷갈린다. 그는 내가 의안을 쳐다보기라도 하면 상당히 불쾌해하기 때문에 항상 조심해야 한다.

그는 전쟁 통에 한쪽 눈을 잃었다고 한다. 언제였는지 기억이 나진 않지만, 그가 내게 똑똑히 이야기했다. 하지만 다른 사람들 이야기로는 전쟁이 시작되던 1914년에 이미 한쪽 눈밖에 보이지 않았다고 한다.

그는 가게의 매상이 형편없기 때문에 끊임없이 불평

을 늘어놓는다. 실제로, 그가 아무리 손님들 앞에서 열심히 컵을 닦고 '늘 이용해 주셔서 감사합니다, 또 오십시오, 문은 열어 놓으셔도 됩니다'라고 친절하게 인사를 해도 손님들의 발길은 뜸하기만 하다.

그는 가능하다면 전쟁에 관한 기억을 잊어버리고, 1910년대로 돌아가고 싶어 한다. 그의 말에 의하면, 그때는 모든 사람이 정직했고 사람들 사이도 좋았다고 한다. 군대도 위풍당당했으며 품위가 있었다. 외상으로 술을 팔아도 걱정할 필요가 없었고, 누구나 사회 문제에 관심을 가지고 있었다.

이런 이야기가 시작되면 그의 두 눈(진짜 눈과 가짜 눈)은 촉촉하게 젖어 들고, 속눈썹엔 눈물이 맺힌다. 전쟁은 이미 지나간 옛날이야기에 불과하지만, 그는 도무지 그 사실을 받아들이려 하지 않는다. 전쟁이 일어나기 전의 생활이 너무나도 갑자기, 그리고 너무도 무참히 사라져 버렸기 때문인 것 같다.

우리 두 사람은 사회 문제에 대해 자주 토론을 벌인다. 그가 그걸 원하기 때문이다. 사회 문제에 대해 이야기하고 있는 동안에는 자신이 옛날과 변함없다고 생각하면서 마음의 위안을 얻는 듯하다.

독일은 프랑스보다 사회 복지가 잘 정비되어 있으며 프랑스 정부도 독일처럼 구걸을 금지해야 한다고, 그는 날마다 끈질기게 주장한다.

"이미 금지하고 있잖아요?"

"구두끈을 팔고 있는 부랑자가 있지 않습니까? 그게

구걸이 아니고 뭡니까? 게다가 그 작자들은 당신이나 나보다도 주머니 사정이 좋다고 하더군요."

나는 논쟁을 좋아하지 않기 때문에 더 이상 반박하지 않는다. 크림 한 방울을 떨어뜨린 갈색 커피를 마저 마시고, 계산을 마친 후에 가게를 나온다.

이 카페는 수돗물을 틀거나 잠글 때 지하 저장 탱크까지 내려갔다 와야 하기 때문에 항상 수도꼭지를 약간 틀어 놓는다. 주인이 쉼 없이 흘러나오는 가는 수돗물 줄기에 조금 전에 내가 사용한, 아직 온기가 남아 있는 커피잔을 씻으며 큰 소리로 외쳤다.

"내일 또 오세요!"

좀더 내려가면 작은 식료품점이 나온다. 식료품점 주인과도 잘 아는 사이다. 불룩 나온 배 위로 달라붙은 앞치마가 정면에서 보면 상당히 짧아 보인다. 브러시처럼 짧게 이발한 헤어스타일에, 머릿속이 훤히 들여다보이고, 미국식 콧수염이 콧구멍을 막고 있다. 저런 상태라면 아마도 코로 숨을 쉬기가 어려울 것 같다.

가게 밖에는 선반이 놓여 있다. 자리를 많이 차지하지 않는 자그마한 선반(여기서 주인의 마음 씀씀이를 엿볼 수 있다)에 봉지로 포장한 마른 콩이나 자두, 병에 든 사탕 등을 진열해 놓았다. 손님이 오면 주인이 재빨리 밖으로 나와 주문을 받고, 무게를 재러 다시 가게 안으로 들어간다.

예전에는 문 앞에 나와 서 있던 주인과 자주 이야기를 나누곤 했다. 그는 내게 이런저런 화제로 말을 걸어

주는 몇 안 되는 사람이다. "무슨 재미있는 일 없었나? 얼굴이 좋아 보이는군!" 그러곤 "다음에 또 보세" 하고 손을 흔들고 가게 안으로 들어가곤 했다.

어느 날, 그 사람이 상자 옮기는 걸 좀 도와주지 않겠느냐고 부탁을 해왔다. 가능하다면 기꺼이 도와주고 싶었지만, 탈장이 재발할까 두려웠다. 나는 우물쭈물하며 변명을 했다.

"전쟁터에서 심하게 다친 후로 몸이 성치 않답니다."

그 일이 있고 난 후, 그는 두 번 다시 내게 말을 걸지 않았다.

이 골목에는 정육점도 있다. 천장에 매달린 은색 갈고리에 커다란 고깃덩어리가 걸려 있다. 갈고리 끝이 고깃덩어리 속에 깊숙이 박혀 있다. 오랫동안 사용해 온 도마는 가운데 부분이 마치 여러 사람이 지나다닌 계단처럼 움푹 닳아 있다.

끈으로 묶어 놓은 쇠고기 등심에서 피가 배어 나와 노란 기름종이 위로 번지고 있다. 손질하고 남은 고기 찌꺼기가 손님들 신발에 들러붙는다. 반짝거릴 만큼 깨끗이 닦인 저울추가 크기 순서대로 놓여 있다.

고기가 도망이라도 가는지, 가게는 철창으로 둘러싸여 있다. 밤에, 붉은 페인트칠을 한 철창 사이로 가게 안을 들여다보면 텅 빈 대리석 진열 케이스 위에 놓여 있는 화분이 보인다.

정육점 주인은 내 얼굴을 기억하지 못한다. 그럴 만도 하다. 옴에 걸린 도둑고양이에게 주기 위해 약간의 고기 부스러기를 한 번 산 것 말고는 이 가게에서 무언가를 산 적이 없기 때문이다. 그것도 아마 작년 일이었을 것이다.

정육점 옆에는 깔끔한 빵집이 있다. 매일 아침, 젊은 아가씨가 쇼윈도를 청소한 물이 언덕길을 따라 흘러 내려간다. 빵집 앞에 서면, 쇼윈도 너머로 가게 안이 전부 보인다. 거울이나 루이 15세 풍의 마룻바닥, 철사를 엮어 만든 받침 위에 놓인 케이크가 보인다.

이 빵집의 단골은 모두 부자들이다. 부자는 아니지만 나도 이 가게를 자주 이용한다. 어느 가게나 빵값은 똑같기 때문이다.

동네 꼬마들이 종이 화약을 사러 오는 잡화점 앞에서, 나는 자주 걸음을 멈추게 된다. 가지런히 접힌 신문이 가게 앞의 테이블 위에 쌓여 있다. 1면 헤드라인이 절반 정도밖에 보이지 않지만 〈엑셀시오르〉지만은 테이블 위에 펼쳐져, 테이블보처럼 아래로 흘러 내려와 있다.

나는 〈엑셀시오르〉지에 실린 사진을 즐겨 본다. 너무 크다 싶을 정도로 확대한 사진에는 언제나 권투 링, 아니면 권총의 탄약통 사진이 실려 있다.

잡화점 주인 여자가 내가 오는 걸 보자마자 페인트칠을 한 장난감을 들고 새 목면 냄새를 풍기며 재빨리 밖으로 나왔다. 그 여자는 돋보기를 쓴 깡마른 노파다. 보모들이 즐겨 사용하는 머리용 망사로 거칠거칠한 머리를 하나로 묶었지만, 하얗게 센 머리를 다 감추지는 못

한다.

윗입술과 아랫입술이 모두 입안으로 말려들어 가서 다시는 밖으로 나올 생각을 하지 않는 모습이 안쓰럽다. 몸의 어디인지 분간이 안 가는 부분이 불룩하게 돌출되어 있는데, 그건 아마 배일 것이다. 그 배의 불룩한 모양을 검은 앞치마가 덮고 있다.

나는 언제나 "안녕하세요?"라고 먼저 인사를 한다. 만약 이렇게 인사를 하는데도 무시한다면 이건 도를 지나치는 것이다. 그래서인지 쌀쌀맞은 노파도 어쩔 수 없이 고개를 끄덕여 준다. 하지만 내가 가게 안으로 들어서도 출입문을 닫으려 하지 않는다. 빨리 나가 주기를 바라는 게 분명하다.

어느 날, 나는 가게 앞에서 신문을 집어 들고 작은 활자의 기사를 읽기 시작했다. 잡화점 노파가 불쾌한 어투로 말했다.

"3프랑이야."

나는 그때 정말로 '저는 전쟁터에 나갔다 온 사람입니다!'라는 말이 목구멍까지 올라오는 걸 간신히 참았다.

'전쟁에서 큰 부상을 입은 후 전쟁 공로 훈장까지 받은 몸입니다. 그래서 지금은 상이군인 연금을 받고 있다고요!'

이렇게 말해 주고 싶었지만, 그런 얘기를 해봐야 아무 소용이 없다는 사실을 곧 깨닫고는 그냥 돌아서고 말았다. 등 뒤에서, 입구에 깔아 놓은 매트가 땅에 끌리며 쾅 하고 문이 닫히는 소리가 들렸다.

그다음엔 옆집 아가씨가 일하고 있는 우유 가게 앞을 지나쳐야 한다. 이건 참으로 우울한 이야기다. 그녀는 내가 자기에게 사랑을 고백한 사실을 여기저기 소문내고 다니는 게 분명하다. 그렇다면, 모두가 나를 비웃고 있을 것이다.

그래서 나는 우유 가게 앞에만 오면 걸음을 빨리한다. 슬쩍 가게 안을 보니 끈으로 묶었던 자국이 선명하게 남은 버터 덩어리가 보인다. 카망베르 치즈의 상자 뚜껑에는 다양한 풍경이 그려져 있고 달걀 더미에는 도둑 방지용 그물이 덮여 있다.

3

사치스러운 기분을 내고 싶어 참을 수 없을 때, 나는 아쉬운 대로 마들렌 사원 주변을 산책한다. 포장용 목재와 배기가스 냄새가 풍기는, 근방에서 가장 풍요로운 느낌이 나는 곳이다.

버스나 택시가 스쳐 지나가면서 일으킨 바람이 손과 얼굴을 때린다. 카페 앞을 지나갈 때면 늘 고함이 들린다. 어느 카페 앞에서건 그 소리가 들린다. 마치 회전식 확성기 소리를 듣는 듯하다.

길에 서 있는 자동차를 한 대 한 대 자세히 들여다본다. 여자들은 모두 향수 냄새를 풍기며 걸어간다. 큰길을 가로지를 때는 경관이 달리는 차를 세워 줄 때까지 잠자코 기다리는 게 나만의 방식이다.

나는 늘 낡아 빠진 양복을 입는데도 카페테라스에 있는 손님들의 시선을 모으고 있는 것 같다. 어느 날, 한 중년 부인이 카페테라스에 앉아 작은 홍차 주전자 너머로 나를 빤히 쳐다보고 있었다. 다른 손님들 모두 내게 웃음을 보내고, 카페 점원의 시선도 줄곧 나를 쫓고 있었다.

그 후로 오랫동안 나는 그 부인을 잊을 수 없었다. 그녀의 목이나 가슴이 언제까지나 기억 속에서 사라지지 않았다. 내가 마음에 들었던 게 분명하다. 그날, 집으로 돌아와 침대에 누워 자정을 알리는 종소리를 듣고 있노라니, 그녀도 아마 지금쯤 내 생각을 하고 있지 않을까 싶어 잠이 오질 않았다.

부자가 되고 싶다.

부자가 되면 맨 먼저 옷깃에 모피가 달린 코트를 사자. 모든 사람이 나를 주목할 것이다. 그 옷을 입고 거리로 나서면 틀림없이 동경의 대상이 될 것이다.

양복 상의는 단추를 채우지 않고 앞섶을 열어 놓는다. 조끼 장식은 금줄로 한다. 동전 지갑은 은줄로 만들어서 멜빵에 연결한다. 지폐용 지갑은 미국 사람들처럼 바지 뒷주머니에 넣는다. 시계는 손목시계로 한다. 그러면 시간을 보는 동작 하나에서도 자연스럽게 품위가 느껴질 것이다.

양손은 엄지손가락만 밖으로 빼고 윗옷 주머니에 찔러 넣는다. 절대로 조끼의 끝단을 쥐어서는 안 된다. 그건 졸부들이나 하는 짓이니까.

애인도 생길 것이다. 나의 연인은 여배우다. 우리 둘은 파리에서 가장 큰 카페테라스에서 식전주를 마신다. 웨이터는 우리 두 사람이 지나는 길을 만들기 위해 술통을 굴리듯이 원형 테이블을 옮겨 줄 것이다.

글라스에는 얼음이 한 조각씩 떠 있다. 의자는 물론 등나무 의자다. 나를 VIP로 모시는 곳에서 등나무가 부러져 있거나 하는 일은 절대 있을 수 없다.

식전주를 다 마신 뒤에는 레스토랑으로 자리를 옮겨 저녁 식사를 한다. 물론 모든 테이블에는 테이블보가 깔려 있고, 그 위엔 싱싱한 생화가 꽂꽂이 되어 놓여 있다.

레스토랑 입구에서는 그녀가 먼저 들어가도록 에스코트한다. 레스토랑 안으로 들어서면, 잘 닦인 여러 개의 거울이 벽에 걸려 있다. 한쪽 거울에 비친 내 모습이 다른 쪽 거울에 비치고, 그것이 또다시 다른 쪽 거울에 비친다. 이렇게 내 모습이 실내에 한 줄로 죽 늘어선다. 마치 거리의 가스등처럼…….

레스토랑 주인이 우리가 있는 테이블까지 인사를 하러 온다. 그가 인사를 하자, 윗옷에 걸친 가슴받이가 목덜미부터 배까지 불룩하게 솟아오른다.

바이올린 연주자가 몇 발짝 뒷걸음질 치더니 힘껏 달려 나간다. 그러고는 몸의 균형을 잡고 바이올린을 켜면서 무대에서 점프를 한다. 그 순간 머리카락이 그의 눈을 덮으며 흔들린다. 마치 샤워를 끝내고 막 나오는 모습처럼…….

극장에 가서, 몸을 앞으로 내밀면 무대의 막에 손이

닿을 정도로 무대와 가까운 특별 좌석을 예약하자. 모든 관객이 오페라하우스 글라스를 통해 우리 두 사람을 관찰한다.

갑자기 조명이 무대를 비춘다. 우리 두 사람이 앉은 좌석에서는 무대 장치의 옆면이 보인다. 무대 뒤에 있는 몇 명의 배우도 보인다. 모두 팔을 축 늘어뜨리고 있다.

맨 먼저 사교계에서 꽤 인기가 있을 법한 남자 가수가 등장한다. 무대 의상에 달린 검은 단추가 빛나고 있다. 한 소절 부를 때마다 우리에게 눈길을 준다.

이어서 등장한 무용수가 발끝으로 무대 여기저기를 돌며 춤을 추고 있다. 그 모습을 노랑, 빨강, 녹색의 조명이 뒤쫓고 있지만 제대로 따라잡지 못한다. 촌스러운 색으로 조합한 에피날 판화를 보는 것 같다.

가끔은 아침부터 택시를 타고 그녀와 함께 숲으로 산책을 가자. 뒷좌석에 앉으면 핸들을 쥔 운전사의 팔꿈치가 움직이는 게 보인다. 덜컹거리는 차창 밖을 내다보니, 멈춰 선 사람도 있고 천천히 걷는 사람도 있다.

커브를 돌 때 타이어가 가볍게 미끄러지면서 두 사람 몸이 한쪽으로 쏠린다. 나는 이 기회를 놓치지 않고 그녀에게 키스한다.

숲에 도착하면 머리를 부딪히지 않도록 조심하면서 내가 먼저 택시에서 내려 그녀에게 손을 내민다. 그 뒤, 요금 미터기는 쳐다보지도 않고 돈을 지불한 뒤, 차 문은 열어 둔 채로 걷기 시작한다. 주변엔 우리를 힐끗거리는 사람들이 있지만, 나는 그들의 시선을 신경 쓰지 않는 척한다.

숲 가까운 곳에 신축 주택이 있다. 그곳 1층에 내 집이 있다. 그녀를 내 집으로 안내한다. 출입문에 얇은 구리로 만든, 종려나무 잎으로 꾸민 거울이 달려 있다. 초인종 버튼이 청동 받침 위에서 빛나고 있다. 입구에 서면 복도 안쪽에 있는 빨간색 목제 엘리베이터가 보인다.

나는 매일 아침, 잠에서 깨어 샤워를 하고 다림질한 속옷을 입는다. 조끼 단추는 일부러 두 개 정도는 채우지 않고 둔다. 자연스러운 이미지를 풍기기 위해서다.

오후 3시, 애인이 내 방을 찾아온다. 그녀의 모자를 받아서 걸어 두고, 함께 소파에 앉는다. 그리고 그녀의 양손과 팔꿈치와 어깨에 키스한다.

그다음 장면은 러브신이다. 그녀는 황홀한 표정을 지으며 사랑에 취한 눈으로 천장을 보며 눕는다. 블라우스의 단추를 풀자 귀여운 레이스가 달린 속옷이 드러난다. 당연히 나를 위해 준비한 속옷이다. 그녀가 사랑의 밀어를 속삭이며 내 턱에 키스를 퍼붓고는, 어느 순간 내 가슴에 몸을 맡긴다.

뤼시 뒤누아

　가끔씩 나는 5구역에 있는 무료 급식소에 간다. 좋아
서 가는 게 아니다. 거기는 사람이 너무 많고, 무엇보다
정해진 시간에 가야 한다. 날씨가 좋든 나쁘든 건물 벽
을 따라 보도에 길게 줄을 서야 하고, 그런 우리를 사람
들이 힐끔거리며 지나간다. 그런 게 너무 싫다.

　그보다 나는 센 거리에 있는 작은 카페를 좋아한다.
거기에서라면 나도 조금은 얼굴이 알려져 있다. 카페 여
주인의 이름은 뤼시 뒤누아다. 그 이름을 따서 가게 이
름도 '뤼시 뒤누아'라고 내걸었다. 유리판 위에 에나멜
글자를 시멘트로 붙인 간판이다. 스펠링이 세 개 정도
빠져 있기는 하지만.

　뤼시는 맥주를 많이 마셔서 그런지 무척 뚱뚱하다.
왼쪽 검지에는 알루미늄 반지를 끼고 있다. 전쟁터에서

죽은 남편의 유품인 듯했다. 귓불은 축 늘어져 있고 구두 굽은 마모되어 형태도 없다.

헝클어진 머리칼을 훅 하고 불어 올리는 게 그녀의 버릇이다. 몸을 앞으로 수그리면 치마 뒤가 빠끔히 벌어지는데, 마치 군밤이 익을 때 입을 벌리는 것 같다. 그녀의 눈동자는 늘 알코올 중독자처럼 허공에 붕 떠 있다.

가게 안은 빈 술통 냄새와 시궁창에 사는 쥐의 악취, 썩은 물 냄새로 지독하다. 덮개가 달린 가스등 위에 석면으로 만든 프로펠러가 달려 있지만 돌아가는 걸 한 번도 본 적이 없다.

밤이 되면 가게 안의 테이블 주위에 그림자가 생기지 않을 만큼 가스등이 환하게 비춘다. 벽에는 '지나친 음주는 금물'이라는 표어가 잘 보이는 곳에 붙어 있다. 홀에 있는 칸막이에는 잔뜩 얼룩진 거울이 걸려 있는데 거울 뒷면이 여기저기 긁힌 자국으로 빼곡하다.

나는 항상 오후 1시에 점심을 먹는다. 느지막이 점심을 먹으면 잠자리에 들기까지의 시간이 조금은 짧게 느껴지기 때문이다.

흰 작업복을 입은 노동자 둘이 뺨에 붙은 석고는 아랑곳하지 않고 커피를 마시고 있다. 흰 작업복과 석고 때문인지 커피가 유난히 검게 보인다.

나는 밝은 자리가 싫어 되도록 입구에서 멀리 떨어진 구석 자리에 앉는다. 테이블에는 항상 '프티 스위스 치즈' 포장지와 달걀 껍데기가 흩어져 있다. 그 자리에서 먼저 식사를 끝내고 나간 노동자가 있기 때문이다.

뤼시는 내게 친절한 편이다. 따뜻한 수프와 막 구운 빵(손으로 찢을 때면 파삭파삭 소리를 내며 빵 조각이 사방으로 튀어 오를 듯한 빵)과 샐러드를 내준다. 가끔 고기 요리도 나온다. 먹고 나면 입술에 기름기가 남을 만큼 기름진 고기다.

나는 3개월에 한 번씩 타는 연금에서 뤼시에게 100프랑씩을 지불한다. 그녀에게 나 같은 손님은 전혀 벌이가 안 될 것이다.

나는 밤이 되어 손님들이 모두 돌아갈 때까지 남아서 기다린다. 가게 정리를 도와주는 게 내 일이기 때문이다. 나는 뤼시가 자고 가라고 잡아 주지 않을까 언제나 은근히 기대한다. 언젠가 딱 한 번 그녀가 내게 "천천히 하고 가요!"라고 말했다.

그날 밤, 나는 기다란 장대로 셔터를 내리고 좁은 틈새를 네발로 기어서 가게 안으로 들어왔다. 영업을 끝낸 가게에는 묘한 분위기가 흐른다. 왠지 모르게 안정이 안된다. 하지만 어색함보다는 설렘이 더 컸다.

잠시 후면 나의 애인이 될 뤼시를 평소보다 따뜻한 눈으로 바라보았다. 그녀는 남자들에게 인기가 있는 편은 아닌 것 같다. 가슴이 크고 허리는 나보다도 굵은 듯하지만, 그렇다고 해도 여자는 분명 여자다. 게다가 그녀는 나를 사랑하고 있다. 그러니까 "천천히 하고 가요"라는 말까지 하는 것이다.

뤼시가 먼지 쌓인 병뚜껑 딴 손을 비누로 씻고는 내 건너편에 와서 앉았다. 반지와 손톱 주위의 기름이 덜 닦여서 아직도 번들거리고 있다.

나는 하릴없이 밖에서 나는 소리에 귀를 기울였다. 어색한 공기가 흘렀다. 내가 여기 남아 있는 목적이 너무나도 확실해 두 사람이 여유를 갖고 마음을 주고받기가 어려웠다.

"한잔할까?"

술병을 앞치마로 닦으며 뤼시가 말했다. 우리는 한 시간 정도 이야기를 나누었다. 만약 테이블 맞은편으로 가야 하는 번거로움이 없었다면 나는 틀림없이 그녀를 끌어안았을 것이다.

하지만 좀더 좋은 기회를 기다려야 한다. 뭐니 뭐니 해도 처음에는 키스부터 해야 하니까. 갑자기 그녀가 말했다.

"내 방에 와본 적이 있어?"

물론 나는 이렇게 대답했다.

"아니……."

우리는 일어섰다. 몸이 떨려 와서, 나는 양쪽 팔꿈치로 몸을 꾹 누르며 힘을 주었다. 뤼시는 가스등을 끄기 전에 촛불에 불을 붙였다. 촛농이 손에 떨어지자마자 굳어 버렸다. 그녀는 굳은 촛농을 그대로 손톱으로 튕겨 냈다.

주방에서는 몹시 흔들리던 촛불이, 뤼시와 내가 그녀의 방으로 통하는 사다리처럼 급경사가 진 계단을 기어오르는 동안에는 얌전해졌다. 나는 머리가 텅 빈 상태로 그녀의 뒤를 따라갔다. 나도 모르게 어느샌가 발끝으로 걸고 있었다.

그녀는 촛대를 아래로 기울여 열쇠 구멍에 비추며 문을 열었다. 방에는 덧창이 내려져 있었다. 하루 종일 내려진 채로 있었는지도 모른다.

시트는 의자 등받이에 놓여 있었다. 매트리스의 붉은 스트라이프 모양이 보였다. 옷장은 반쯤 열려 있다. 옷장에 쌓여 있는 속옷 밑에 뤼시가 저축해 둔 돈이 숨겨져 있을 것이다. 뤼시가 나를 무례하다고 느끼지 않도록 시선을 얼른 다른 곳으로 돌렸다.

뤼시는 크게 확대해서 벽에 걸어 놓은 사진에 대해 한 자락 설명을 하고는 침대에 걸터앉았다. 나도 그녀 옆에 앉았다.

"이 방 어때?"

"멋져!"

나는 넘어지려는 사람을 부축하듯 그녀를 끌어안았다. 그녀가 저항하지 않는다는 사실에 용기를 얻어 한 손으로 옷을 벗기며 몇 번이고 키스를 했다. 할 수 있다면 열정에 달아오른 연인들처럼 블라우스 단추를 뜯어내고 속옷마저 찢어 버리고 싶었지만 그녀가 화를 낼지도 모르기 때문에 그렇게 하지는 않았다.

잠시 후 뤼시는 코르셋 차림이 되었다. 그녀가 입었던 코르셋은 몸을 받쳐 주는 심이 뒤틀려 있었다. 가는 끈이 등허리 살을 옥죄고 있었기 때문에 양쪽 가슴이 가운데로 몰려 있었다.

나는 떨리는 손으로 코르셋의 단추를 풀었다. 슈미즈[1]가 잠깐 몸에 붙어 있더니 툭 하고 떨어졌다. 하지만 나풀거리며 떨어져야 할 슈미즈가 허리에 걸려 버렸다.

할 수 없이 머리 위쪽으로 벗겨 냈는데, 뤼시의 어깨가 너무 넓어 간신히 벗겼다. 스타킹은 벗기지 않고 그대로 두었다. 벗지 않는 편이 아름답다고 생각했기 때문이다. 신문이나 주간지에 실린 여자들의 누드사진을 보니 모두 스타킹을 신고 있었다.

드디어 그녀는 전라가 되었다. 허리둘레의 살이 울퉁불퉁하고 팔에는 예방 주사 자국이 있었지만 상관없었다. 나는 무아지경에 빠졌다. 몸 전체가 부르르 떨렸다. 마치 말이 다리를 떠는 것처럼…….

다음 날 아침 5시경, 뤼시가 나를 깨웠다. 그녀는 이미 몸단장을 다 끝낸 상태였다. 새벽녘의 내 모습이 너무나 지저분하다는 사실을 알기 때문에 그녀를 똑바로 쳐다볼 수 없었다.

"빅토르! 얼른 일어나. 가게 문을 열어야 해."

아직 비몽사몽간이었지만, 나는 곧바로 상황 판단을 했다. 그녀는 나를 혼자 이 방에 남겨 두고 싶지 않은 것이다. 말하자면 나를 신용할 수 없다는 이야기다. 내가 급히 옷을 입고 얼굴도 씻지 않은 채 계단을 내려오자, 그녀가 잊지 않고 방문을 잠갔다.

"셔터 좀 열어줘."

1 여성의 양장용 속옷의 하나. 보온과 땀 흡수를 위하여 입는다.

나는 시키는 대로 셔터를 열고 나서, 그녀가 커피를
타줄 것이라 기대하며 가게 의자에 앉았다.

"빨리 가 봐. 조금 있으면 손님들이 와."

뤼시는 지금 이 시간만큼은 나의 애인이 분명하지만,
나는 아무것도 바라지 않고 순순히 가게를 나왔다.

그 후 내가 가게에 나타나면, 그녀는 여느 때와 같이
식사를 내준다. 이전보다 양이 많지도 적지도 않다.

앙리 비야르

1

고독이 나를 짓누른다. 친구가 그립다. 진실한 친구
가…….

이런 나의 탄식을 곁에서 들어줄 사람이라면 아무라
도 상관없다고 생각한다. 하루 종일 그 누구하고 아무런
대화도 나누지 않은 채 거리를 헤매다 밤이 되어서 집
으로 돌아오면 녹초가 된다. 손톱만큼밖에 안 되는 우정
과 사랑이라도 얻을 수만 있다면, 나는 그것을 위해 내
가 가진 모든 것을 내놓을 것이다.

진심으로 우정을 베풀어 주는 사람에게, 나는 한없이
친절해질 수 있다. 연금도 침대도 독차지하지 않을 것이
다. 절대로 상대방을 거역하거나 하는 일도 없을 것이
다.

나의 희망은, 그 사람이 원하는 바를 전부 들어주는 것뿐이다. 강아지처럼 어디든 따라다닐 것이다. 그 사람이 농담하면 나는 항상 통쾌하게 웃어 줄 것이다. 만약 누군가가 그 사람을 슬프게 한다면, 나 역시 그와 함께 눈물을 흘릴 것이다. 나는 한없이 착한 사람이다. 하지만 어느 누구도 그것을 알아주지 않는다.

그렇다. 비야르도 다른 인간들과 다르지 않았다. 앙리 비야르. 내가 그와 만난 것은 약국 앞의 군중들 틈에서였다.

나는 길에 모여 있는 사람들을 볼 때마다 불안에 떤다. 시체가 누워 있는 것은 아닐까 하는 생각에서다. 그렇지만 호기심과는 또 다른 어떤 욕구에 이끌려 군중 사이를 그냥 지나치지 못하게 된다. 언제나 정신을 차려 보면, 내가 사람들을 헤치며 앞으로 나아가고 있는 건 바로 그 때문이다.

하지만 언제라도 눈을 가릴 준비는 하고 있다. 주위에 있는 구경꾼들이 떠드는 소리는 하나도 놓치지 않는다. 무슨 일이 일어났는지 눈으로 직접 보기 전에 먼저 알고 싶기 때문이다.

어느 날 저녁 6시경, 나는 또다시 구경꾼들 사이에 있었다. 바로 옆에서는 경찰관이 구경꾼들을 제지하고 있었다. 경찰복에 달린 은색 단추에는 파리의 상징인 배 모양이 선명하게 새겨져 있다.

사람들이 모인 장소에서는 늘 그렇듯이 그날도 모두들 자기 앞에 서 있는 사람의 등을 떠밀고 있었다. 약국

안에는 눈을 뜬 채로 정신을 잃은 남자가 저울 옆에 있는 의자에 앉아 있었다.

작은 체구의 남자였는데, 그의 신체 중 의자 밖으로 나온 부분은 젖혀진 머리뿐이었다. 두 발은 바닥까지 닿지도 않았고, 아래를 향하고 있는 발끝은 빨랫줄에 걸린 양말처럼 축 늘어져 있었다. 가끔씩 눈동자가 돌아가는 게 보였다. 바지는 얼룩투성이로 때에 절어 있었다. 윗옷의 앞부분은 단추 대신 옷핀으로 고정해 놓았다.

약사는 당황해서 부산을 떨고 있었다. 사람들은 쓰러져 있는 남자의 복장이 초라하다는 것 등은 신경도 쓰지 않고 뚫어지게 그를 쳐다만 보고 있었다. 두꺼운 숄을 두른 여자가 주위 사람들의 얼굴을 둘러보면서 중얼거렸다.

"너무 말랐네."

나이가 지긋한 남자가 "밀지 마, 밀지 말라고!"라는 말을 반복하고 있었다. 근처의 상점 여주인이 문을 열어놓고 온 가게 걱정을 하며 구경꾼들에게 이렇게 설명했다.

"이 부근 사람들은 모두 이 남자를 잘 알고 있어요. 난쟁이예요. 정말로 불행한 사람은 늘 자랑이 많은 법이지요. 다른 사람들은 그가 불행하다는 사실조차 눈치채지 못하는 경우가 많죠. 근데 이 사람은 술고래라서 글렀어요."

내 옆에 있던 남자(나는 지금까지 이 남자가 있다는 것을 의식하지 못했다)가 반론했다.

"술을 마시는 데는 그 나름대로 이유가 있을 겁니다."

나는 그 의견에 일리가 있다고 생각해서 맞장구를 쳤다. 그 남자만 들을 수 있을 정도로 작은 소리였지만.

장갑 끝이 납작하게 눌린 남자가 말했다.

"적당히 마셔야지. 도를 지나쳐서 저렇게 된 거야."

방금 전까지 밀지 말라고 반복하던 남자가 낮은 소리로 내뱉었다.

"혁명이 일어나서 지금의 세상이 바뀌지 않는 한 불행한 사람은 끊이지 않을 거야."

이 말에 경찰이 획 하고 뒤를 돌아보았다. 소매 없는 망토 밑에 숨어 있는 경찰관의 손이 무엇을 움켜쥐고 있는지 모를 일이었다. 주변에 있던 구경꾼들은 경찰의 눈치를 살피면서 자기들은 혁명을 꿈꾸고 있는 그 몽상가의 의견에 찬성하지 않는다는 뜻을 무언중에 전하고 있었다.

"이런 사람들의 말로는 정해져 있는 거라고요."

한 주부가 이렇게 우물거릴 때 틀니가 순간적으로 잇몸에서 떨어지는 게 보였다. 그 옆에 있던 신사는 자기도 모르는 사이에 빈사 상태에 있는 남자의 표정과 같이 얼굴을 일그러뜨리며 "그렇지, 그 말이 맞아"라고 동조했다. 나는 경찰에게 물었다.

"그나저나 이 사람을 병원으로 옮겨야 하지 않겠습니까?"

이 질문은 경찰 말고 다른 사람에게 해도 됐다. 하지만 나는 군이 경찰관이 대답하기 곤란한 질문을 던지고

싶었다. 비정한 법 앞에 홀로 맞서는 남자 역할을 하고
싶었던 것이다.

난쟁이는 눈을 감은 채 배를 들썩거리며 거친 숨을
몰아쉬고 있었다. 경련 때문에 소매와 구두끈이 계속 흔
들렸다. 턱에서 침이 한 줄기 흘러내렸다. 벌어진 셔츠
한쪽으로 젖꼭지가 보였다. 작고 뾰족한 것이 물에 흠뻑
젖은 사람의 젖꼭지 같았다.

이 불쌍한 남자는 틀림없이 죽을 것이다. 나는 옆에
서 있던 남자를 훔쳐보았다. 그는 빈번히 콧수염을 만지
작거리고 있었다. 잘 차려입은 옷매무새에 셔츠 단추도
빠짐없이 채우고 있었는데 셔츠 깃에는 금 단추가 달려
있었다.

말라서 신경질적으로 보이는 작은 체구의 그 남자에
게 나는 호감이 갔다. 그렇다고 우리가 닮은 것은 아니
었다. 나는 키가 크고, 정에 약하고, 사소한 일에는 그리
집착하지 않는 성격이다.

밤이 찾아들고 있었다. 가스등은 이미 켜졌지만 아직
주위를 밝게 비추지는 못했다. 하늘은 차가운 푸른색이
었다. 달 표면의 울퉁불퉁한 형태가 보였다.

옆에 있던 남자가 나에게 어떤 말도 걸지 않고 사람
들 틈에서 벗어났다. 그 걸음걸이가 왠지 주저하고 있는
듯했고 내가 뒤쫓아 오기를 바라는 듯이 보였다.

나는 잠깐 망설였다. 누구라도 내 입장이 되어 보면
잠깐은 주저할 것이다. 어쨌거나 생판 모르는 사람이기
때문이다. 지명 수배자일지도 모른다.

하지만 나는 더 이상 생각하지 않고 그의 뒤를 따라 갔다. 그가 바로 코앞에 있었기 때문에 무슨 말을 걸면 좋을까 생각지도 않고 바로 등 뒤에까지 따라붙게 된 것이다. 아무 말도 할 수가 없었다. 그는 전혀 나를 의식 하지 않았다.

걸음걸이가 특이한 남자였다. 흑인 같은 걸음걸이. 발 꿈치가 발바닥보다 먼저 땅에 닿는다. 귀 뒤에는 담배가 한 개비 꽂혀 있었다.

나는 괜히 그의 뒤를 따라나섰다고 후회했다. 하지만 나는 외톨이다. 아는 사람도 없다. 만약 그와 친구가 될 수 있다면 얼마나 크게 마음의 위로가 되겠는가. 게다가 나란히 같은 방향으로 가고 있기 때문에 이제 와서 모 른 척할 수도 없다.

길모퉁이에 접어들었을 때, 나는 그 자리에서 도망치 고 싶어졌다. 하지만 그럴 수는 없었다. 내가 도망친다 면, 그는 틀림없이 내 기분을 자기 맘대로 지레짐작할 것이다.

"당신, 담배 가진 거 있어?"

그가 갑자기 내게 말을 걸어왔다. 나는 무심코 그의 귀에 꽂힌 담배를 쳐다봤지만 곧바로 시선을 떨어뜨렸 다. 그의 기분을 상하게 하고 싶지 않았던 것이다.

자기 담배를 피우면 될 것을. 하지만 그는 담배를 귀 에 꽂아둔 사실을 잊어버렸는지도 모른다. 나는 담배 한 대를 내밀었다. 그는 내가 건네준 담배에 불을 붙이고 '피워도 돼?'라든가 '당신 몫은 남았나?'라는 질문도 없이 다시 아까처럼 걷기 시작했다.

나는 그 뒤를 쫓아갔다. 그가 도무지 상대를 해주지 않기 때문에 나도 모르게 지나가는 사람들의 시선에 신경이 쓰이기 시작했다. 체면을 유지하기 위해서라도 그가 얼굴을 돌려 아무 말이라도 걸어주기를 바랐지만 소용없는 일이었다.

담배를 주었으니 이제 생판 모르는 사이도 아니다. 그러니 이대로 묵묵히 지나칠 수는 없다. 그런 행동은 절대 예의 바른 행동이 아니다. 아무 말도 하지 않고 그와 함께 걷는 지금의 상황이 어색하기는 하지만 그런 분위기를 견디기로 했다.

"한잔할까?"

카페 앞에서, 그가 내게 말했다. 나는 거절했다. 예의를 차리려던 것은 아니고 그가 술값을 지불하지 않고 도망칠지도 모른다고 생각했기 때문이다. 예전에도 그런 식으로 당한 적이 있다. 상대를 잘 모르는 경우에는 더욱 조심해야 한다.

그는 끈질기게 나를 붙잡았다. 그날 나에게는 그가 돈을 내지 않고 사라지더라도 술값을 낼 정도의 돈은 있었다. 그래서 속는 셈 치고 함께 술집으로 들어갔다. 가게 주인이 손님처럼 의자에 비스듬히 걸터앉아 있다가 우리가 들어서자 바로 카운터로 돌아갔다.

"어서 오세요."

"잘 있었나, 자코브."

천장이 낮아 기차에 탄 것 같은 기분이 들었다. 계산

대에는 영화 할인권이 놓여 있었다. 그가 맥주를 주문했다.

"당신은?"

"당신과 같은 걸로."

사실 나는 리큐어가 마시고 싶었지만 나의 어쩔 수 없는 소심함은 원하는 것을 주문하는 일조차 허락하지 않았다. 그가 맥주 한 모금을 들이켜고는 콧수염에 묻은 거품을 손으로 훔치며 말했다.

"이름이 뭐야?"

"바통, 빅토르."

나는 군대에서와 같이 성을 먼저 말하고 이어서 이름을 말했다.

"바통?"

"예."

"대단한 이름이네."

그는 말에 채찍질을 하는 흉내를 내며 말했다. 바통이란 말과 채찍질이라는 말이 똑같기 때문에 그러는 것이었다. 그런 농담을 듣는 게 처음은 아니지만, 낯선 사람 입에서 이름에 관한 농담이 나오니 좀 당황했다.

"그럼 그쪽 이름은?"

"앙리 비야르."

나도 비야르라는 말과 당구를 가리키는 말의 흡사함을 빌려 흉내를 내며 놀려 줬으면 좋았을 것이다. 하지만 그가 불쾌해할지도 모른다는 생각이 들어 그렇게 하지 않았다.

그가 동전 지갑을 열고는 맥주 두 잔 값을 계산했다. 나는 목이 말랐던 것도 아니기 때문에 맥주를 단숨에 다 마시는 데 꽤 애를 먹었다. 문득 내 쪽에서 비야르에게 한 잔 더 대접하고 싶어졌다. 그와는 전혀 모르는 사이라 이런 기분을 억누르려 했지만, 여기서 그와 헤어져 버리고 나면 혼자 길에 남겨진다는 생각이 두려웠다. 쓸데없는 생각 때문에 주저하지 않도록 머릿속을 깨끗이 비우고는, 혼잣말처럼 그에게 말했다.

　"저…… 한 잔 더 마시지 않겠습니까? 그쪽이 좋아하시는 걸로."

　잠시 침묵이 이어졌다. 나는 떨리는 가슴을 억누르며 대답을 기다렸다. '예스'도 '노'도 두려웠다. 잠시 후, 겨우 대답이 돌아왔다.

　"당신한테 쓸데없이 돈을 쓰게 하고 싶지 않아. 당신은 가난뱅이잖아."

　말을 더듬거리며 한 번 더 권해 보았지만 소용없었다. 비야르는 천천히 가게에서 걸어 나갔다. 계속 같은 자세로 앉아 있어서 그런 것인지 다리를 약간 절고 있었다. 나도 그의 모습을 따라 이유도 없이 발을 절룩거리며 가게를 나왔다.

　"바통, 그럼 다음에 보세."

　나는 좀 전까지 이야기를 나누던 사람과, 그의 주소도 모른 채 기약도 없이 헤어진다는 사실을 도저히 참을 수 없었다. 그런 상황에 처하면 몇 시간이고 우울해져 죽음이라는 단어가 뇌리에서 떠나지 않게 된다.

보통은 죽음에 대해 곧 잊어버리지만, 누군가와 기약 없이 헤어진다거나 하면 나도 모르게 '나는 외톨이로 살다가 이대로 죽겠지'라는 생각이 들어 견딜 수가 없다. 나는 슬픈 마음으로 비야르를 쳐다보았다.

"바통, 그럼 다음에 또 봐."

"벌써 가실 건가요?"

"응. 그럼, 다음에 보자고."

"여기서 다시 만날 수 있겠죠?"

"그럼, 당연하지."

나는 여러 가지 생각을 하면서 집으로 돌아왔다. 내가 한잔 산다고 했는데도 거절하는 걸 보니 비야르는 선량한 사람임이 틀림없다. 그는 틀림없이 나를 좋아하고, 이해해 주고 있다. 조금이라도 나를 사랑해 주고 이해해 주는 사람과 만날 수 있다는 것은 흔치 않은 일이었다.

2

다음 날 눈을 뜨자마자, 나는 그를 맨 먼저 떠올리며 어제의 만남을 순서대로 되짚어 보았다. 비야르의 얼굴이 기억나지 않았다. 그렇다기보다는 콧수염도 코도 눈도 눈에 선한데 도무지 그의 표정이 떠오르지 않는다.

그가 내 친구가 되어 준다면 얼마나 좋을까. 밤이 되면 함께 거리에 나가고, 같이 식사도 한다. 내가 돈이 궁할 때면, 그는 분명히 나를 도와줄 테고 당연히 내가 그에게 돈을 빌려 줄 때도 있을 것이다. 뤼시에게 소개하

자. 하지만 외톨이라는 나의 처지, 그리고 나의 처지에는 관심도 없는 사람들과만 대화가 가능한 나의 실존이 너무 처량하다.

그날은 시간이 무척 더디게 흘러갔다. 거리에선 여기저기 싸움판이 벌어졌지만, 그래도 시계탑의 종소리를 셀 수는 있었다. 마치 잠들지 못하는 밤에 들리는 종소리 같았다.

나는 계속 기다렸다. 쉴 새 없이 식은땀이 흘러내렸다. 셔츠 사이로 바람이 파고들었다. 오후가 되어 공원으로 산책을 나갔다. 공원 여기저기 세워져 있는 인물 흉상의 나이를 헤아리며 놀기로 했다. 로마 숫자를 읽을 수 없었다면 이마저도 어려웠겠지만…….

하지만 백 살 이상의 흉상은 하나도 찾아볼 수가 없어 실망스러웠다. 모처럼 구두약을 칠해 닦은 구두도 시간이 지날수록 먼지가 쌓여 뿌옇게 변해버렸다.

아이들이 굴렁쇠를 굴리며 놀고 있었다. 굴렁쇠가 몇 바퀴 구르다가 바닥에 나동그라진다. 공원 여기저기에 등을 맞대놓은 벤치에 앉아 있는 사람들이 보였다.

무엇을 보든 그 나름대로 재미가 있지만, 즐거운 건 나의 눈뿐이다. 머릿속은 비야르 생각으로 가득했다.

드디어 밤이 찾아왔다. 어제 비야르와 함께 걷던 길을 나 혼자 다시 걸었다. 약국 앞은 어제와는 딴판으로 너무 한산해 야릇한 기분마저 들었다. 약국과 구경꾼들을 따로 떼어놓고 생각할 수가 없었기 때문이다.

조금 더 이른 시간에 카페 앞을 찾았어도 되지만, 어

제와 같은 시간에 그와 재회하고 싶었다. 그래야 내가 그를 만나기 위해 일부러 찾아온 걸 들키지 않을 테니까.

그는 내가 6시쯤 되면 늘 이 부근으로 산보를 나온다고 생각할 것이다. 어제의 그 카페가 눈앞에 보였다. 왼쪽 가슴에 신경이 쓰일 만큼 심장 박동이 격렬해졌다. 땀에 흠뻑 젖은 손바닥을 옷소매에 몇 번이고 문질렀다. 단추를 열어 놓은 겉옷 속에서 땀 냄새가 풍겼다.

'카페 자코브'는 한쪽 벽면이 커다란 유리로 되어 있다. 유리의 아래쪽 반은 길이가 짧은 커튼으로 가려져 있다. 나는 발끝으로 살금살금 다가가 균형을 잃지 않도록 한 손으로 유리를 짚고 붉은 커튼 너머로 가게 안을 들여다보았다.

'비야르가 없다!'

충격이었다. 나는 분명 비야르가 나와 좀더 이야기를 나누기 위해 카페에서 기다릴 거라 생각했는데……. 근처 빵집의 벽시계를 보았다. 시곗바늘이 6시를 가리키고 있었다. 그렇다면 아직 절망하기는 이르다. 일 때문에 늦는지도 모른다. 나는 20분 뒤에 다시 와보기로 하고 그 자리를 떠났다. 그는 반드시 올 것이다. 만나면 이런저런 이야기를 나눠야겠다. 그에게 하고 싶은 이야기가 산더미처럼 쌓여 있다.

시간을 때우기 위해 대로변으로 나갔다. 모든 가로수 밑동이 쇠로 만든 지지대로 둘러싸여 있었다. 마치 납으로 만든 군인 같다. 환하게 불을 켠 전차가 지나간다. 승객들의 얼굴이 선명히 보였다. 전차에 비하면 택시는 크기도 작고, 차 안은 어두컴컴하다. 택시가 지나갈 때 바닥에 깔린 돌들이 덜컹덜컹 소리를 냈다.

이 거리에는 두 개의 네온사인이 있다. 하지만 너무 빨리 깜빡이다 보니 점차 사람들의 주의를 끌지 못하고 있다.

구두나 넥타이, 모자 같은 물건들의 가격을 둘러보며 30분 정도 시간을 보냈다. 금은방의 쇼윈도 앞에서도 구경을 했지만, 모든 가게가 가격표를 뒤집어 놓았다. 손목시계나 반지 가격이 알고 싶다면 가게 안으로 들어갈 수밖에 없다.

지금쯤이면 비야르가 나를 기다리고 있을 시간이다. 역시 그는 나에게 끌리고 있는 게 분명하다. 그렇지 않다면 어제 내게 맥주를 사준다거나 하는 행동을 하지 않았을 것이다.

내가 이렇게 시간을 보내고 있는 사이에, 비야르가 카페에 들렀다가 그냥 돌아갔을지도 모른다는 생각이 들었다. 나는 갑자기 불안감에 휩싸여 서둘러 카페 자코브로 발걸음을 옮겼다.

다행이었다. 벌써 캄캄한 밤이 되어 버렸다. 이 어둠이 가게 주인과 손님들의 시선으로부터 나를 가려 줄 것이다. 우선 밖에서 가게 안을 들여다보기로 하자. 만약 비야르가 없더라도, 내 얼굴에 드리워진 절망을 눈치챌 사람은 없을 것이다.

카페까지 남은 100미터 거리가 나에게는 한없이 멀

게만 느껴졌다. 체조 선수처럼 큰 보폭으로 리드미컬하게 성큼성큼 뛰고 싶었지만 웃음거리가 될 게 뻔하기 때문에 그만두기로 했다.

사실은, 그런 이유보다는 아직 한 번도 길거리에서 뜀박질을 해본 적이 없기 때문이었다. 게다가 내가 뜀박질하는 모습은 여자들이 뛸 때처럼 불안하고 부자연스러워 보이기 때문이기도 했다.

마침내 가게 앞에 다다랐다. 담배에 불을 붙이고 가게 안을 들여다보았다. 비야르는 없었다.

현기증이 나서 행인도, 집도, 자동차도, 모든 것이 마치 분신술이라도 쓴 것처럼 세 겹으로 겹쳐 보였다. 누군가 옆에서 내 꼬락서니를 보고 있었다면 뭘 그렇게 유난을 떠느냐며 웃었을지도 모른다. 그런 말을 하는 게 당연하다. 다른 사람들은 이런 일쯤은 신경도 쓰지 않을 게 분명할 테니 말이다.

1분 정도 시간이 흘렀다. 나는 완전히 맥이 풀린 채로 그 자리를 떠났다. 억지로 기운을 내보려 하지도 않고, 오히려 가능한 한 슬픔을 지속시키기 위해 애를 쓰며 걸었다. 마음을 꽁꽁 닫아걸고, 내가 정말로 보잘것없고 비참한 존재라는 사실을 일부러 더 각인시키려 애쓰며 걸었다. 나는 그렇게 함으로써 마음의 위안을 찾고 있었다.

비야르는 오지 않았다.

늘 그렇다. 아무도 나의 애정에 대답해 주지 않는다. 내가 바라는 건 누군가를 사랑하고 그저 몇 명의 친구를 갖는 것, 단지 그것뿐이다. 그럼에도 늘 나는 외톨이다. 다들 나를 기대하게 만들고, 그렇게 박절하게 떠나가 버린다. 나는 정말 운도 없다.

울고 싶었지만, 마른침을 삼키며 참았다. 나는 곧장 집을 향해 걸었다. 한동안 걷다 보니, 가스등 옆에 한 남자가 멈춰 서 있는 게 보였다. 처음엔 길을 잃은 거지라고 생각했다. 거지들은 대부분 저렇게 멈춰 서 있으니까.

그러다 느닷없이 내 입에서 비명이 튀어나왔다. 소리를 지르려고 했던 건 아니다. 딸꾹질처럼 나도 모르게 입 속에서 튀어나왔다. 그렇다. 그 남자는 비야르였다. 익사한 사람처럼 주름이 잔뜩 진 코트를 걸치고, 실외 가로등 특유의 푸르스름한 불빛을 받으며 궐련을 말고 있었다.

"안녕하세요, 비야르 씨."

그가 이쪽을 돌아봤다. 나를 몰라보는 듯했다. 순간 내 얼굴에 경련이 일었지만, 곧 그를 용서하기로 했다. 밤이 깊은 데다 가스등 불빛 아래 오랫동안 서 있던 그가 날 알아보지 못하는 것도 이상한 일은 아닐 것이다.

"저예요, 바통입니다."

그가 궐련의 끝자락을 풀 대신 헛바닥으로 쓱 핥았다. 나는 대답을 기다렸다. 내 담배가 시중에서 판매되고 있는 싸구려 궐련인 걸 눈치채지 못하도록 황급히 벽에 담뱃불을 비벼 끄고는 꽁초를 주머니에 넣었다. 그가 말했다.

"당신, 오늘 저녁 식사는 어떻게 할 거야?"

"어떻게 하다니요?"

"그것 참……."

"뭐 어떻게든 해야죠."

"같이 안 갈 텐가? 싼 가게가 있는데."

나는 그를 따라갔다. 나는 누군가와 나란히 걸을 때면, 나도 모르게 상대방을 벽 쪽으로 미는 버릇이 있기 때문에 조심하며 걸었다. 인도가 좁아지면 내 쪽에서 재빨리 차도로 내려섰다.

비야르는 무언가를 중얼거리고 있었다. 나에게 말을 걸고 있나 싶어 몇 번이나 그의 얼굴을 쳐다봤다. 날 무관심한 인간이라고 생각할까 두려워하면서…….

비야르를 만나 너무나 기쁜 나머지 배도 고프지 않았다. 그보다도 내 생활, 아파트의 이웃 이야기, 지금껏 인생을 살아오며 경험한 것들을 그에게 자세히 이야기하고 싶었다.

하지만 한마디도 할 수가 없었다. 소심한 나는 눈동자를 빼고는 전신 마비 상태에 빠져들고 있었다. 비야르와 사실은 그다지 친한 사이도 아니라는 생각이 그제야 났다.

그는 아무 말도 없었다. 사실은 내게 하고 싶은 말이 많을 텐데……. 터프한 척하지만 사실은 부드러운 남자다.

"카망베르 치즈를 샀는데 둘이 나눠 먹자고! 나는 보통은 저녁 식사를 집에서 여자 친구랑 함께 먹지만, 오늘은 그녀가 외출하고 없으니까…….”

그의 느닷없는 말에 깜짝 놀라 고개를 돌렸다. 그의
퀼런은 불이 꺼져 있었다.

“결혼하셨어요?”

“아니, 그냥 같이 사는 거야.”

지금까지의 흥분이 단번에 사라져 버렸다. 이런저런
생각들이 한순간에 머릿속을 스쳐 지나갔다. 내 방과 방
에서 보이는 거리 풍경, 그리고 뤼시의 얼굴이 눈앞에
떠올랐다.

내 인생은 이대로 쭉 별 볼 일 없이 단조로운 날들의
연속일 것이다. 비야르에게 여자가 있다니, 절대 용납할
수 없었다. 이로써 나와 비야르가 우정의 끈으로 맺어질
가능성은 사라져 버렸다. 우리 둘의 우정을 방해하는 제
삼자가 존재하기 때문이다.

나는 질투하지 않고는 견딜 수가 없었다. 도대체 나
는 어제 왜 생판 모르는 남자 뒤를 따라간 걸까. 그는
나의 생활을 온통 뒤죽박죽으로 만들어버렸다. 덕분에
오늘 밤부터는 여태까지보다 훨씬 더 지독한 고독이 나
를 기다리고 있을 테지…….

그런 생각을 하면서도, 나는 마지막 남은 희망에 매
달릴 수밖에 없었다. 어쩌면 비야르의 연인은 미인이 아
닐지도 모른다.

“예쁜가요?”

아무렇지도 않은 척 그에게 물었다. 비야르는 예의
없는 인간들 특유의 자신감 넘치는 목소리로 대답했다.

"최고야, 아직 열여덟 살밖에 안 됐는데 가슴은 다 큰 처녀라고."

비야르가 이렇게 말하며 양손을 둥그렇게 해서는 그녀의 가슴이 달린 위치와 크기를 가르쳐 주었다. 이제 돌아갈 수밖에 없다. 사람의 운명은 참으로 불공평하다. 비야르는 사마귀가 난 데다 납작발인데도 사랑해 주는 여자가 있다고 한다. 그런데 나는 그보다 젊고 멋있는데도 늘 외톨이다.

우리는 절대 서로를 이해하지 못할 것이다. 행복에 겨운 비야르가 내게 관심을 가질 리 없다. 그렇다면 나는 돌아가야만 한다.

걸으면서 도망갈 궁리를 했다. 센 거리의 레스토랑이 그립다. 레스토랑 구석에서 혼자 소박하게 슬픔을 음미하고 싶다. 적어도 그곳이라면 다른 사람을 신경 쓰지 않아도 된다.

그건 그렇다 치더라도 비야르는 참으로 눈치도 없는 인간이었다. 나라면, 만약 결혼을 했다 하더라도 그런 내색은 절대 하지 않았을 것이다. 불행한 사람 앞에서는 자신의 행복을 떠벌리는 게 아니라는 걸 비야르에게 가르쳐 주고 싶다.

그래도 비야르에게 작별을 고할 결심은 서지 않았다. 사실은 지금껏 해온 생각과는 또 다른 생각이 내 머릿속의 커다란 부분을 채우기 시작했다. 그래서 갑자기 기운이 솟구쳤다. 그 여자는 비야르를 사랑하지 않는다. 그래서 비야르는 그걸 걱정하고 있지 않을까? 그렇다면 비야르는 나에게 좀더 친절해야만 한다. 그를 위로해 줄 사람은 나뿐이니까. 우리의 고통을 덜어 줄 수 있는 건 우정뿐이니까.

하지만 그녀가 비야르를 사랑하는지 물어볼 수는 없었다. '물론이지'라는 대답이 돌아올까 두려웠다.

"왜 그래, 뭐 안 좋은 일이라도 있어?"

그가 물었다. 좀 전까지 계속 슬픔이 더해 가던 나는, 그의 말 한마디에 일순 기분이 좋아졌다. 비야르가 날 걱정해 주고 있다. 확실한 건 그것뿐이다. 나머지는 분명 나 혼자만의 망상에 불과하다. 나는 감사의 마음을 담아 그를 쳐다보았다.

"네, 괴롭습니다."

이렇게 말하면, 그도 자신의 고민을 털어놓으리라 믿었다. 하지만 그런 기대는 산산이 무너지고 말았다. 그는 "힘내!"라는 한마디를 툭 던졌을 뿐이다.

우리는 한 레스토랑 앞에 멈춰 섰다. 가게의 외장 페인트가 벗겨져 있었다. 창문에는 '음식 반입 자유'라고 쓴 종이가 붙어 있었다.

"들어가!"

비야르가 말했다. 가게의 문고리를 돌리자 작은 쇠사슬이 흔들리며 소리를 냈다. 가게 안에 있던 사람들이 이쪽을 돌아보았다. 비야르가 우두커니 멈춰 선 나를 재촉했다.

"이봐, 얼른 들어가라니까!"

"아닙니다. 먼저 들어가세요!"

그가 가게 안으로 들어갔다. 가게 안에는 좁고 긴 테이블이 몇 개 놓여 있었다. 의자에 앉으니 시소처럼 반대쪽이 올라갔다. 학교 식당에나 놓여 있을 법한 긴 의자였다. 담배 연기가 나선을 그리며 피어올랐다. 마치 물컵에 시럽을 따를 때처럼.

발아래에서는 지하실로 통하는 문이 덜컹덜컹 소리를 내고 있었다. 손님들 앞에는 모두 1리터짜리 와인병과 컵이 놓여 있었다. 나이프를 하나 들면 음악 연주가 가능할 것처럼 보였다.

비야르와 나는 마주 앉았다. 그는 주머니에서 카망베르 치즈를 꺼내느라 애를 썼다. 작은 주머니에 억지로 쑤셔 넣은 치즈를 결국에는 양손으로 잡아당겨 꺼냈다. 그러고는 이 가게의 단골인 듯 주인 여자의 이름을 친근하게 불렀다.

"마리아!"

아름다운 시골 여자였다. 쉬지 않고 팔꿈치 근처까지 손을 닦고 있었다. 걸음을 내디딜 때 가슴이 흔들려 앞치마 속의 잔돈이 짤랑거렸다.

"와인 두 병하고 빵 줘!"

잠시 틈을 두었다가, 내가 말했다.

"한 병으로 족합니다. 다 못 마십니다."

"괜찮아, 내가 사는 거야."

"그렇지만 당신도 돈이 남아도는 건 아니지 않습니까."

"괜찮아. 이번뿐이니까."

그에게 얻어먹을 생각은 추호도 없었지만, 그래도 '이번뿐'이라고 못을 박는 데 충격을 받았다. 나는 그 말을 도저히 가볍게 흘려 넘길 수가 없었다. 역시 나는 마음씨 착하면서도 통이 큰 사람과는 인연이 없나 보다. 만일 내가 부자였다면 상대를 최대한 극진히 대접할 텐데⋯⋯.

꼬리가 잘린 개가 내 옆으로 와서 연신 킁킁대며 냄새를 맡았다. 몇 번이나 쫓아도 냄새를 맡으러 돌아온다. 나는 너무나 창피했다. 나에게서는 절대로 아무 냄새도 나지 않는다. 다행히도 여주인이 빵을 겨드랑이에, 술병은 손가락에 끼워 들고 테이블로 왔다.

그녀가 그 멍청한 개를 발로 쫓아 주었다. 비야르는 검지로 카망베르 치즈를 톡톡 두드리더니 둘로 나눠 한쪽을 내게 건넸다. 둘 중에서 작은 덩어리였다. 우리는 시간을 들여 천천히 식사를 했다. 치즈에 투명한 종이가 붙어 있었기 때문에 더욱 그래야 했다.

비야르가 와인 컵에 입을 가져가면, 나도 똑같이 따라 했다. 내 와인이 그의 와인보다 빨리 줄어들지 않도록 조심했다. 그것이 예의다.

나는 평소에 술을 잘 마시지 않는다. 그래서 그날, 내 기분이 좋아지는 데는 그리 많은 시간이 걸리지 않았다. 가게 구석에서 이야기를 나누고 있던, 머리에 이가 득실대는 노인이 현자로 보이기 시작했다.

나는 남은 와인을 컵에 따랐다. 예상대로 와인은 별로 남아 있지 않았다. 바닥을 불룩하게 올려 만든 병이었던 것이다. 뒤쪽에 있는 테이블에 몸을 기대고, 나는 처음으로 비야르의 눈을 똑바로 쳐다봤다. 식사를 마친 그는 끊임없이 쩝쩝거리는 소리를 내며 혓바닥으로 이빨 청소를 하고 있었다.

그는 주머니에 손을 넣어 담배를 찾았다. 나는 망설임 없이 담배를 한 대 건네며 내 신상에 관한 이야기를 시작할 준비를 했다. 모든 걸 숨김없이 이야기하고, 그 기세를 타서 그의 단점들을 지적해 줄 작정이었다.

"비야르 씨, 당신은 참 친절한 사람이군요."

와인을 마신 탓에 목소리가 바뀐 걸 의식하며 말했다.

"그럼, 나는 친절한 사람이지."

"인생이 뭔지 아는 사람을 만나기란 참 힘듭니다."

"친절이라면 나만 한 사람이 없을 거야."

비야르는 자신의 생각을 계속 이어갔다.

"하지만 바통, 조심해야 해. 인간들은 그런 친절함을 곧잘 이용하려고 드니까. 알고 있나? 난 동료 때문에 직업을 잃었다네."

이런 이야기는 재미없다. 나는 의기투합할 수 있는 이야기를 찾기 위해 화제를 바꿨다.

"저는 전쟁에 나갔다 왔습니다."

그렇게 말하고, 지갑에서 군인 수첩을 꺼냈다. 표지에 내 이름이 커다랗게 적혀 있었다. 바통, 빅토르.

"나도 전장에 나갔었네."

그도 신분증을 꺼냈다. 접혀 있던 신분증을 펼치자

전역증과 오랫동안 지갑 속에 넣어 둔 탓에 납작해진 한 묶음의 머리카락, 그리고 몇 장의 사진이 나왔다. 현역 군인일 때 평상시에 찍은 사진과 전투 중에 찍은 사진, 그리고 보병들의 단체 사진이었다. 보병 무리의 중앙에 있는 플래카드에는 '제1중대 전우들이여, 될 대로 돼라!'라고 적혀 있었다.

"봐, 여기 있는 녀석."

그가 검지로 한 병사의 얼굴을 가리켰다.

"이 녀석은 죽었어. 그 옆에 있는 녀석도."

나는 흥미진진하게 듣고 있는 척했지만, 사실 지갑 속에 든 물건이나 뒷면에 손때가 잔뜩 묻은 사진만큼 상대를 지루하게 만드는 것도 없다. 나는 지난번 전쟁 중에 얼마나 많은 사람의 지갑을 봐 왔던가! 만약 와인에 취하지만 않았다면 신분증 같은 건 꺼내지도 않았을 것이다. 비야르도 분명 지긋지긋했을 것이다.

그는 계속해서 봉투 안을 뒤지고 있었다. 혹시 여자의 누드사진이라도 찾는 걸까. 나는 그런 종류의 사진을 혐오한다. 보고 난 후에는 더욱 비참해질 뿐이니까. 나는 나에 관한 이야기를 하고 싶었다.

"저는 부상을 당해 제대하게 되었습니다."

나는 그때의 포탄 탄피를 꺼냈다.

"자넨 혼자 사나?"

그가 신분증을 접으며 물었다.

"네."

"외롭지 않나?"

"네, 그야 뭐……. 특히 저처럼 외로움을 잘 타는 사람은 가족이라도 있으면 좋으련만……. 비야르 씨, 당신이 만약 제 친구가 되어 준다면 정말 행복할 겁니다. 마음속 끝까지 행복할 겁니다. 고독이나 빈곤은 이제 지긋지긋합니다. 저는 친구를 갖고 싶습니다. 일도 하고 싶고요. 한마디로, 저는 살고 싶습니다."

"여자 친구는 없나?"

"없습니다만……."

"발에 차이는 게 여자 아닌가?"

"그야 그렇지만 저는 돈이 없으니까요. 애인이 생기면 이것저것 신경을 써야 하지 않습니까? 데이트를 할 때는 깨끗한 속옷을 입어야만 한다든가……."

"어이! 속옷 같은 것에 신경을 쓰는 여자가 어디 있나? 물론 부르주아 여성과 사귄다면 얘기가 달라지겠지만, 나한테 맡겨. 여자는 내가 만들어 줄 테니 걱정하지 말라고. 여자가 있으면 그런 걱정들을 잠시 잊을 수 있을 테니."

만약 정말로 젊고 예쁜 여자를 소개시켜 준다면 어떻게 거절하겠는가? 나를 사랑해 주고, 속옷에 신경도 쓰지 않는 여자를 정말로 소개시켜 준다면 말이다.

"하지만 예쁜 여자는 그렇게 쉽게 찾을 수 없겠죠."

"아냐, 요즘은 꼭 그렇지만도 않아. 내 여자 친구는 남자들에게 꽤나 인기가 있었지만 그놈들을 차버리고 나한테 왔다고. 그렇게 젊은 여자를 사귀게 되다니, 난 참 운이 좋은 놈이야!"

내가 원하는 건 불행한 친구다. 나처럼 있을 곳이 없는 사람, 같이 있어도 의리나 은혜 따위에 신경을 쓰지 않아도 되는 가난하고 착한 사람. 내가 찾는 건 오직 그런 사람이다. 비야르야말로 그런 사람이라고 생각한 건 큰 오산이었다. 그는 자신의 여자 친구 이야기만 계속해댔다. 나는 너무나 우울해졌다.

"이봐, 바통! 내일 밤 저녁 식사를 마치고 나면 우리 집에 오게. 내 여자 친구를 소개해 줄 테니. 지르쾨르가에 있는 캉탈호텔이네."

나는 이 초대를 받아들였다. 함부로 거절할 수가 없었기 때문이다. 하지만 내게 행복에 겨운 인간의 방을 함부로 방문할 용기가 있을 리 없었다. 그건 나 자신이 가장 잘 알고 있는 사실이었다. 이 세상 누구와 사귀더라도 나의 인간관계는 언제나 이런 우스꽝스러운 결말을 맞게 되는 걸까?

우리는 자리에서 일어섰다. 벽에 걸린 거울에 내 모습이 비쳤다. 중죄를 지은 재판정의 피고인 같았다. 술에 취했지만, 그게 내 모습이라는 건 분명히 알 수 있었다. 나는 출구 쪽을 향해 걸었다. 비야르가 조용히 내 뒤를 따랐다.

밖으로 나오자, 기차 승강장에 서 있을 때처럼 돌풍이 내 얼굴을 때렸다. 비야르를 집까지 배웅하고 싶어졌지만 그 기분을 억눌렀다. 그런 짓을 한들 무슨 소용이란 말인가? 우리는 서로 마음이 통하지 않는데, 그에게는 애인이 있는데. 더구나 그에겐 돈도 있다. 그만큼 행복한 것이다. 9시를 알리는 종소리가 들렸다.

"바통, 그럼 이만. 내일 보세."

"네, 내일 뵙겠습니다."

나는 늘 다니는 익숙한 동네가 나올 때까지 계속 똑바로 걸었다. 술집은 모두 손님들로 북적댔다. 조명이 밝게 비추고 있어 무척 따뜻해 보였다. 목이 마른 것도 아닌데 못 견딜 정도로 무언가가 마시고 싶었다. 그렇지만 참았다. 오늘은 쓸데없는 지출을 하지 않았다는 생각에 마음이 편안해졌다.

'비야르'란 상호의 카페에 들어갔다. 카운터는 욕탕처럼 김이 서려 있었다. 웨이터는 컵을 전등에 비춰 보며 닦고 있었다. 나는 제일 싼 음료를 주문했다. 블랙커피를. 웨이터가 물었다.

"큰 컵에 드릴까요?"

"아뇨, 작은 걸로 주세요."

3

다음 날 나는 아침부터 '비야르 씨네 집에는 절대로 가지 않는다'라고 되뇌었다. 그는 내 면전에서 여자 친구를 애무할 인간이었다. 그러면 여자는 분명 그의 무릎 위에 앉아서 귀에 대고 무언가를 연신 속삭이겠지.

그런 꼴까지 보며, 내가 제정신으로 있을 수 없는 건 당연하다. 사랑을 나누는 모든 커플은 천하의 이기주의 자들이다. 자신들 생각만 하고 예절이 뭔지도 모르는 작자들이다. 지금은 우유 가게 아가씨가 살고 있는 방에,

작년에는 젊은 부부가 살았다.

이들 부부는 매일 밤 창문에 기대 시시덕거렸다. 나는 그들의 키스 소리만 들어도 입술과 입술을 맞대고 있는지, 볼에 입을 대고 있는지 알 수 있을 정도였다. 그들의 키스 소리를 듣고 싶지 않아 밤늦게까지 거리를 헤매기도 했다. 그런 날은 심야가 되어서야 집으로 돌아와 소리를 내지 않으며 옷을 벗곤 했다.

딱 한 번, 불행히도 어느 날은 마룻바닥에 구두를 떨어뜨리고 말았다. 잠이 깬 그들이 맹렬히 키스 소리를 울려 대기 시작했을 때 나는 너무도 화가 나 벽을 쾅쾅 두드렸지만, 몇 분 후에는 그들을 방해한 걸 후회했다.

그들은 분명 미안해하고 있을 것이다. 사과를 해야겠다고 생각했다. 하지만 다음 날 아침, 자지러지는 웃음소리가 벽 너머에서 들려왔다. 내가 바보 취급을 당한 게 분명했다.

비야르와 약속한 밤이 되었다. 나는 식사를 마치고 생제르맹 거리로 산책을 나갔다. 상점들의 불빛은 이미 다 꺼져 있었다. 아크등만이 나뭇잎을 어렴풋이 비추고 있다. 노란색의 긴 전차가 미끄러지듯 지나갔다. 바퀴가 보이지 않아 상자가 움직이는 것 같았다. 레스토랑은 전부 텅 비어 있었다.

밤하늘에 8시를 알리는 종소리가 울려 퍼졌다. 비야르는 결코 이상적인 친구가 아니다. 그럼에도 머릿속에서 그의 생각을 지울 수가 없었다.

내 머릿속에는 친구에 대한 분명한 이상형이 있다.

언젠가 이상형의 친구와 만나면 된다. 당분간은 어떤 인간이든 친구만 되어 준다면, 그것으로 족하다.

비야르의 여자 친구가 미인이 아닐 가능성은 아직도 있다. 사람은 누구나 자신이 만난 적이 없는 여자를 무심코 미화하게 마련이다. 실제로 나는 군대에 있을 때 누군가가 여동생이나 아내, 사촌 여동생 이야기를 하면 젊고 예쁜 여자를 상상하곤 했다.

아직도 여전히 시간이 많이 남아 있는 까닭에 캉탈호텔까지 걸어가기로 했다. 가는 도중에 몇 번이나 돌아갈까 망설였지만 혼자 쓸쓸한 밤을 지낼 일을 생각하며 그런 생각을 지웠다.

지르쾨르 거리에는 고인 물 냄새와 와인 냄새가 가득했다. 가까운 곳에 센강이 흐르고 있기 때문에 이 근처의 건물들은 한결같이 축축하게 습기를 머금고 있다.

스쳐 지나가는 아이들 모두가 1리터짜리 와인병을 껴안고 있었다. 차가 다니지 않아 행인들은 아무렇지도 않게 차도를 걸어 다녔다. 늦은 시간까지 영업을 하고 있는 자그마한 식료품 가게가 몇 군데 보였다. 야채수프나 야채즙을 팔고 있다. 납으로 만든 통에서는 감자를 찌는 김이 무럭무럭 피어오르고 있었다.

비야르의 집에 가기에는 시간이 아직도 이르다. 나는 항상 이 점은 반드시 주의하고 있는데, 남의 집을 느닷없이 방문해서는 안 된다. 그렇지 않으면 어떤 반찬으로 식사를 하는지 보러 왔다는 오해를 살 수도 있는 것이다.

코트를 입은 채로 계속 걸어온 탓에 어깨가 저려 왔다. 가슴도 답답해 오기 시작했다. 잠시 어딘가에서 쉬지 않으면 더 이상 걸을 수가 없을 것 같았다. 하지만 늦은 밤에 벤치에 혼자 앉아 있으면 거지로 오해받기 십상이니 생미셸 광장에 접해 있는 한 카페에서 쉬어 가기로 했다. 나는 습관처럼 블랙커피를 주문하고 모자를 벗어 구석에 있는 거울 앞에 걸었다.

아름다운 이집트 여인들이 항아리에 물을 긷고 있었다. 물론 벽에 그려진 그림 이야기이다. 가게 구석에서는 요즘 한창 유행하는 양복을 입은 남자 둘이 체스에 빠져 있었다. 나는 체스의 규칙을 몰라 말의 기하학적인 움직임을 전혀 이해하지 못한다.

배 언저리까지밖에 내려오지 않는 알파카 재킷을 입은 웨이터가 커피를 가져왔다. 친절한 웨이터는 커피와 함께 페이퍼 홀더에 넣은 일러스트레이션 잡지까지 가져다주었다.

잡지를 펼치자 코팅된 종이 냄새가 물씬 풍겼다. 그 냄새를 맡자 나는 이곳과 어울리지 않는 인간이란 생각이 들었다. 책장을 넘기자 사진이 조명을 반사시켜 상체를 구부리지 않으면 잘 보이지 않았다.

나는 모자가 제자리에 잘 걸려 있는지 확인하기 위해 때때로 거울 쪽을 바라보았다. 뒤쪽의 광고까지 다 보고 난 후 잡지를 덮었다.

커피잔 받침 접시에는 차갑게 식은 커피 방울이 떨어

져 있었다. 자세히 보니 받침 접시에 30상팀[1]이라고 적혀 있었다. 이 숫자가 커피값이라면 얼마나 좋을까. 하지만 받침 접시는 전쟁 전부터 있던 물건이라 거기 적혀 있는 숫자가 정말로 현재 판매되고 있는 가격인지는 알 수 없었다.

"계산이오!"

웨이터가 뛰어왔다. 커피잔을 치우고 행주로 테이블을 닦았다. 내가 테이블을 더럽혔기 때문은 아니다.

"감사합니다. 30상팀입니다!"

나는 1프랑짜리 동전을 건넸다. 팁으로 2수[2] 정도를 줄 작정이었다. 막상 팁을 주려고 하니 액수가 너무 적지 않나 싶어 4수를 주었다.

가게를 나왔다. 등의 아픔은 이제 가셨다. 좀 전에 마신 커피로 배 속이 따뜻했다. 나는 일을 마치고 귀가하는 샐러리맨들이나 느낄 법한 안도감과 만족감을 맛보며 거리를 걸었다. 왠지 군중들 속에서 연극배우가 된 듯한 기분에 마음이 들떴다.

담배가 한 개비밖에 남지 않았다. 내일 아침을 위해 남겨둘까도 생각했지만 그냥 피우기로 했다. 성냥은 아직 몇 개나 남아 있다. 하지만 지나가는 누군가에게 담뱃불을 빌리고 싶어졌다.

한 신사가 대로와 골목길이 합류하는 지점에 멈춰 서서 시가를 피우고 있었다. 나는 그 신사에게 말을 걸지

---

1 화폐 단위, 1프랑의 100분의 1.
2 화폐 단위, 5상팀.

못했다. 시가 애호가들은 담뱃불 빌려주는 걸 싫어하기 때문이다. 그들은 시가의 재에까지 애착을 보인다.

내가 가는 방향 쪽으로, 담배를 피우고 있는 한 남자가 있었다. 나는 모자를 벗고 말을 걸었다. 그 남자는 피우던 담배를 내 앞에 내밀었다. 바람을 막기 위해 손으로 담배를 가렸다. 그는 그 손에 자신의 손을 덧대어, 담배를 든 손가락이 흔들리지 않도록 했다.

그의 손톱은 손질이 되어 깔끔했다. 약지에는 인장이 새겨진 반지가 끼워져 있었다. 엄지손가락에는 옷소매에 달린 장식이 연결되어 걸려 있었다. 나는 몇 번이고 거듭해 인사를 하고 그 자리를 떠났다.

그 후로 한동안 생면부지의 그 남자 생각을 계속했다. 그가 나를 어떻게 생각했는지 알고 싶었다. 그도 자기가 나에게 어떤 인상으로 남았는지 신경 쓰고 있을까? 누구나 처음 만나는 사람에게는 좋은 인상으로 남길 원할 것이다.

4

캉탈호텔 입구에는 크고 둥근 램프가 걸려 있었다. 바탕의 램프에 큰 글씨로 무엇인가가 적혀 있는데, 어쩐지 루브르 박물관을 연상시켰다.

호텔 안으로 들어서자 커튼 사이로 식당이 보였다. 사무실을 겸해 사용하고 있는 모양이다. 가는 버팀목이 여러 개 있는 찬장과 편지를 세로로 끼우는 포스트 박스가 보였다. 식당 겸 사무실의 창문을 깨지 않도록 조심하며 살짝 두드렸다. 커튼이 열리고, 의자에 앉은 남자가 몸을 뒤로 젖힌 채 나를 쳐다보았다.

"무슨 일이오?"

"비야르 씨를 만나러 왔는데요."

"7층 39호실."

관리인은 확인도 하지 않고 그렇게 말했다.

2층까지는 카펫이 깔려 있었다. 방에는 전부 번호가 붙어 있었다. 계단은 산더미처럼 쌓인 시트로 가득했다. 나는 간신히 계단을 오르며 비야르의 여자 친구에 관해 생각했다. 떨리는 가슴을 진정시키기 위해 '그녀는 추녀다, 추녀다, 추녀다……' 하고 주문을 외웠다.

7층에 다다르자 숨이 턱까지 차오르고 심장 박동이 격렬해졌다. 심장이 제자리에서 비켜 난 게 아닐까 싶을 만큼. 나는 문 앞에서 노크를 했다. 얇은 문이라 노크 소리가 크게 울렸다.

"누구세요?"

"접니다."

이름을 말하면 간단했을 걸, 소심한 나는 그러지 못했다. 내 이름을 말하는 게 왠지 늘 쑥스럽다. 특히 문앞에서는 더욱 그렇다.

"누구라고요?"

더 이상 버틸 수가 없다.

"바통입니다."

비야르가 문을 열어 주었다. 방 안쪽의 의자에 앉아 있는 여자가 보였다. 옷장 거울에 방 안 전체가 비쳤다.

아름다운 아가씨였다. 컬이 있는 구불구불한 머리가 램프 불빛 아래에서 타오르는 듯 물결쳤다. 나는 맥이 탁 풀린 나머지 멍하니 문 앞에 멈춰 섰다. 도망칠 준비는 되어 있었다. 그녀가 자리에서 일어나 나를 맞이하기 위해 문 앞으로 걸어왔다.

그 순간, 나는 말문이 막혀 버렸다. 그녀의 따뜻한 숨결이 내 얼굴을 어루만지는 듯한 기분에 몸이 부르르 떨렸다. 나는 내성적인 사람이지만 비야르의 어깨를 툭 툭 쳐주지 않을 수 없었다. 기분이 너무 좋았다.

하지만 나는 손을 슬그머니 집어넣으며 방금 전의 지나친 용기가 우스꽝스럽다는 생각을 했다. 그럼에도 나는 아무튼 소리를 내어 웃고 싶었다. 웃고, 노래하고, 춤추고 싶은 기분이었다. 비야르의 여자 친구는 절름발이였던 것이다.

방은 주위에서 흔히 볼 수 있는 그런 평범한 방이었다. 루마니아 사람이 살아도, 창녀가 살아도, 아니면 샐러리맨이 산다 해도 어울릴 법한 그런 방이었다. 벽난로 앞에 세워 놓은 장식 선반 위에는 냄비 받침 대신 사용한 신문지와 칫솔을 꽂아둔 컵, 그리고 술병이 몇 개 놓여 있었다.

"니나, 커피 좀 내와."

그녀는 석유 스토브에 불을 붙였다. 스토브에는 계란 노른자 얼룩이 들러붙어 있었다. 커피를 내오라는 건 내가 이 방에 한동안 있을 수 있다는 의미다. 다행이다.

하지만 침묵이 흐르고, 점점 어색한 분위기가 되어

갔다. 비야르는 그런 분위기를 애써 무시하기 위해 연장
통을 꺼내 나사를 찾기 시작했다. 그의 연인은 엄지손가
락으로 커피잔 속을 닦고 있었다.

나는 잠자코 있기가 곤혹스러웠다. 하지만 무슨 말을
꺼내도 이런 묘한 분위기를 끝내려는 의도가 노골적으
로 드러날 것 같아, 어떻게 시작을 해야 좋을지 몰랐다.
나는 그들이 눈치채지 못하도록 조심하며 방 안을 관찰
했다. 커피 주전자에서 김이 올랐다. 침대 위의 베개 커
버는 가운데가 거무스름하게 더러워져 있었다.

"크림 넣을까?"

아무래도 좋다고 대답했다. 우리는 테이블에 앉았다.
나는 비야르와 니나의 다리를 치지 않도록 의자 밑으로
다리를 집어넣었다. 커피를 준비하는 데 조금 더 시간이
걸렸으면 좋으련만…… 커피를 다 마시고 나면 나는 이
방에서 나가야 한다. 니나는 커피 주전자의 뚜껑을 열고
세 개의 커피잔에 각각 커피를 따랐다.

"커피가 맛있어 보이는데요."

나는 마시기 전에 이렇게 예의를 표했다.

"다무아 상점의 커피예요."

다 마시고 난 후에, 커피잔에 설탕이 남지 않도록 천
천히 오랫동안 커피를 저었다. 그리고 조금씩 홀짝댔다.
커피 받침에서 커피잔을 입까지 가져올 때 옆에 있는
뭔가를 엎지 않도록 조심했다.

"한 잔 더 어떠세요?"

니나가 물었다.

내 커피잔은 작았지만 사양했다. 그것이 예의이기 때문이다. 갑자기 비야르가 내 손 위에 자신의 손을 얹었다. 순간 손을 뺄까 생각했다. 남자들끼리 신체 접촉을 갖는 건 그다지 기분 좋은 일이 아니다. 하지만 나는 꾹 참았다.

"바통, 내 얘기를 들어 주게."

나는 비야르를 바라보았다. 그의 코는 넓은 땀구멍으로 빽빽했다.

"부탁이 있네."

드디어 친구를 기쁘게 해줄 기회가 왔다. 가슴이 두근거렸다.

"내 부탁을 들어 주겠나?"

"물론입니다."

부탁이라고도 할 수 없을 만큼 시시한 부탁이나 반대로 너무나 큰일을 부탁받는 건 싫다. 타인을 위해 뭔가를 해주는 건 좋지만, 내가 정말로 원하는 건 약간의 노력으로 호의를 표하는 것이다.

"50프랑만 빌려주겠나?"

비야르의 시선과 나의 시선이 마주쳤다. 여러 가지 생각이 머릿속을 스쳐 지나갔다. 물론 비야르의 마음속에도 많은 생각이 흐르고 있다는 건 불을 보듯 뻔했다.

그 순간 우리 둘 사이의 벽이란 벽은 모조리 허물어졌다. 나는 그의 마음을 간단히 읽을 수 있었고, 그 역시 나의 마음을 훤히 읽었을 것이다. 이런 경우, 누구라도 일순간 망설이지 않을 수 없을 것이다. 나 또한 그랬다.

망설임이 사라진 후, 사뭇 거들먹거리는 말투로 입을 열었다.

"좋습니다. 빌려드리지요."

나는 기뻤다. 돈을 빌려주는 그 자체가 아니라 비야르가 감사해하는 게 기뻤다. 다시 잡담을 시작했을 때, 나는 그들을 더 이상 어렵게 느낄 필요가 없었다. 심야까지 여기 있어도 되고, 내일이나 모레, 언제든지 좋을 때 놀러 올 수 있다. 비야르가 내게 50프랑을 빌리는 것은 나를 신뢰한다는 증거가 아니고 무엇이겠는가!

내 주머니에는 연금이 들어 있었지만, 비야르에게 바로 50프랑을 주지 않고 돈 이야기는 완전히 잊어버린 척했다. 애를 태우면 태울수록 나에게 친절을 베풀 것이 틀림없다.

나의 연기가 시작되었다. 비야르와 니나는 내가 언제쯤이나 지갑을 꺼낼까 애타게 기다리며 나의 일거수일투족을 지켜보고 있었다. 최근 몇 년 동안 이렇게까지 커다란 존재감을 맛본 적은 한 번도 없었다. 내 입에서 나오는 한마디 한마디가 웃음이 되어 돌아왔다.

그들은 내가 돈 이야기를 잊어버린 건 아닐까 걱정하면서 가만히 나를 쳐다보기만 했다. 이런 기쁨을 계속 누리고자 하는 욕구를 억누를 수 있는 사람이 있다면 그는 성인이다. 아아, 나도 부자들을 용서해야만 한다.

밤이 깊어졌다. 나는 자리에서 일어났다. 비야르의 얼굴이 백지장처럼 변했다. 그는 또다시 돈 이야기를 꺼내지 못하고 있었고, 나는 여전히 딴청을 피우고 있었다.

물론 머릿속은 돈 생각으로 가득했지만.

니나는 손에 램프를 들고, 얼굴을 어둠 속에 감춘 채 꼼짝도 하지 않았다. 이미 내 수법을 간파한 것이다. 그들의 의심을 피하기 위해, 나는 어설픈 동작으로 황급히 지갑을 꺼냈다.

"아차, 깜빡했네, 정신머리하곤……. 까맣게 잊고 있었지 뭡니까."

나는 50프랑을 내밀었다.

"고맙네, 바통. 다음 주까지 갚겠네."

"아닙니다. 그렇게 서두르지 않으셔도 됩니다."

복도의 가스등은 이미 꺼져 있었다. 단지 가스등을 더 밝게 하기 위해 씌워 놓은 금속 덮개만이 아직 빨갛게 달아올라 있었다. 지금쯤 비야르와 니나는 내가 준 지폐를 사진 감광판처럼 비춰 보면서 위조지폐인지 아닌지 확인하고 있겠지.

왠지 한 방 맞은 기분이 들어 우울해졌다. 비야르는 감사 인사도 제대로 하지 않았고, 무엇보다 그는 가난뱅이가 아니다. 애인도 있고, 방에 있는 옷장에는 속옷이나 설탕, 커피와 라드가 쌓여 있다. 그뿐인가. 알고 지내는 사람도 많다. 그런데 왜 나처럼 빈곤한 인간에게 돈을 빌린단 말인가. 방 안에 있던 세간을 전당포에 맡기면 50프랑쯤은 손쉽게 빌릴 수 있을 텐데.

발밑에 카펫의 감촉이 느껴졌다. 어느새 2층까지 내려온 것이다. 지하 식당을 들여다보니 호텔 주인이 신문을 펼쳐 들고 얼굴을 뒤로 젖힌 채 읽고 있었다. 거리로

나오자 건물 사이로 바람이 매섭게 몰아쳐 한기가 느껴
졌다. 나는 잠시 식당의 불빛을 눈 속 깊이 새기며 바라
보다가 거리로 나섰다. 빗방울이 뚝뚝 떨어지기 시작했
지만, 이미 떨어진 빗방울 위에 또 다른 빗방울이 겹쳐
떨어지지는 않았다.

5

그날은 제대로 잠을 잘 수 없었다. 이불이 자꾸 침대
밑으로 미끄러져 내렸다. 발끝에서 한기가 올라와 몇 번
이나 잠에서 깼다. 그때마다 나는 손을 뻗어 벽이 어디
에 있는지 확인해야 했다.

새벽녘이 되자, 창문이 밝아지면서 방 안의 테이블이
어둠 속에서 그 모습을 드러냈다. 우선 테이블 다리가
먼저 드러나고 천장의 윤곽도 확실해졌다. 그러고는 순
식간에 아침이 됐다.

눈이 부신 햇살이 방 안으로 밀려들어 왔다. 마치 유
리창의 때가 벗겨 나간 것처럼, 꼼짝도 하지 않는 가구
와 난로에 피웠던 종잇조각이 다 타고 남은 재, 그리고
창문에 걸려 있는 블라인드의 살이 눈에 들어왔다.

건물 안은 잠시나마 쥐 죽은 듯 조용했다. 드디어 어
느 집에선가 대문 닫는 소리가 들리고, 르쿠안 씨네 알
람 시계가 울렸다. 우유 가게 트럭이 우유병을 가득 싣
고 달그락거리며 지나갔다.

나는 침대에서 나왔다. 침대는 마치 늦잠을 자고 일
어났을 때처럼 차가워져 있었다. 나는 매일 아침 거울을

보기 전에 우선 세수를 한다. 만약 새하얀 시트 속에서 자고 일어났다면 일어나자마자 거울을 봤을지도 모르겠다.

밖으로 나가자, 늘어선 건물 최상층을 태양이 금빛으로 물들이고 있었다. 태양은 아직 그다지 강렬하지 않았다. 아침 공기를 들이마시니 민트 향을 맡았을 때처럼 가슴이 시원했다.

라일락 향기를 실은 부드러운 바람이 나의 코트 깃을 파고들었다. 그 순간 코트가 군용 외투처럼 펄럭였다. 새소리가 들리고 새싹이 돋는 건 아니지만 그래도 봄이 왔다.

무턱대고 걷고 싶었다. 여느 때라면 집에서 나와 센 거리를 향해 걷기 시작했겠지만 그날은 시내 외곽에 있는 성벽 터로 향했다.

집집마다 창문이 열려 있다. 빨랫줄에 걸린 속옷이 바람에 뻣뻣하게 말라 쇠로 만든 간판처럼 흔들리고 있었다. 반쯤 열린 문틈으로 가게 안을 들여다보니, 물청소를 끝낸 마룻바닥이 벌써 말라 있었다.

8층 건물 앞에 서면 햇빛이 가려져 응달뿐이다. 걸음을 재촉했다. 앞으로 나아갈수록 거리 풍경이 조금씩 지저분해졌다. 네모로 자른 돌을 깐 보도에는 균열이 생겨 땅바닥이 훤히 들여다보였다. 거무스름해진 회벽은 마치 사진관의 검은 커튼 같았다.

구름이 태양을 가렸다. 따뜻한 바람이 불어와 시야가 뿌옇게 흐려졌다. 햇빛을 받아 반짝이며 이리저리 날아

다니던 파리도 모습을 감췄다.

왠지 서글퍼졌다. 방금 전까지만 해도 나는 자유로운 방랑자가 되어 알 수 없는 세계를 향해 행복에 겨운 발걸음을 내디뎠지만, 구름으로 인해 엉망이 되고 말았다. 나는 그대로 왔던 길을 되돌아가기로 했다.

그날 오후, 아무 데도 갈 곳이 없어 캉탈호텔 주변을 서성거렸다. 만약 비야르를 만난다 해도 딱히 할 말도 없다. 하지만 호텔 근처를 떠날 수가 없었다. 가난하고 친구도 하나 없는 사람이라면 지금의 내 심정을 충분히 이해할 수 있을 것이다. 비야르 따위는 쓸모없는 인간이 분명하지만, 그래도 나에게는 비야르가 전부다.

생미셸 광장에서 중산모자를 쓴 남자가 전단지를 돌리고 있었다. 그가 내게 여러 장의 전단지를 내밀었다. 행인 중 누구도 전단지를 받으려는 사람이 없었다. 주머니에서 손을 꺼내 전단지를 받아 들고, 그걸 다시 말아서 버린다는 건 사실 귀찮은 짓이다.

전단지를 배포하는 사람들을 보면 참 불쌍하다는 생각이 들기 때문에, 나는 그것을 꼭 받아 준다. 이 사람들이 몇천 장씩 전단지를 돌리고 나서야 비로소 자유로워진다는 걸 잘 알기 때문이다. 뭔가를 요구하는 것도 아니고, 오히려 뭔가를 주려는 그 손을 무시하고 지나가는 인간들을 보면 화가 치밀어 오른다.

오후 3시였다. 하루 중 가장 끔찍한 시간이다. 일상의 사소하고 대수롭지 않은 사건에도 나는 즐거워질 수 있다. 그런데 이 시간에는 아주 작고 하찮은 일조차 생기지 않는다.

무료함을 달래기 위해 지르쾨르 거리로 돌아갔다. 비
야르를 찾아갈 생각이었다. 캉탈호텔 앞을 네 번이나 왔
다 갔다 했다. 입구를 지나쳐 발길을 돌릴 때마다 쑥스
러운 생각이 들었다. 참으로 얼토당토않은 이야기다. 세
상 사람들이 모두 다 지나다니는 길을 돌아서 가는 게
쑥스럽다니.

호텔에는 들어가지 않았다. 비야르에게 환영받지 못
할 것 같은 생각이 들었다. 50프랑을 빌려 달라고 했을
때, 바로 돈을 꺼내 줄 걸 그랬다. 그는 분명 자신을 약
올린 날 원망하고 있을 것이다.

그래도 나는 지르쾨르 거리를 떠나지 못했다. 길모퉁
이에 서서 계속 호텔을 감시했다. 주위 건물들의 창문을
몇 분간 바라보고 있자니, 비야르가 호텔 입구에 나타났
다. 낯모르는 남자와 함께 있었다.

그의 앞에 나설까도 생각했지만, 몇 시간 동안이나
계속 잠복하고 있었다는 의심을 받을까 싶어 참았다. 지
금 막 왔다고 얘길 해봤자 믿지 않을 것이다. 사람들은
우연을 믿지 않는다. 특히 우연이라는 말밖에 변명의 여
지가 없을 때는 더욱 그렇다.

비야르는 새 스카프를 목에 두르고 있었다. 머리는
어느새 가지런히 이발을 했다. 몸짓 손짓을 섞어 가며
이야기를 하고 있는 비야르가 내게는 아주 낯설게 느껴
졌다. 자기 친구가 낯선 사람과 이야기를 나누는 모습을
보면 다들 그런 기분을 느낄 것이다.

나는 주차된 차 뒤로 몸을 숨겼다. 설마 발끝만 보고 내가 숨어 있다는 걸 알아차리지는 못할 것이다. 그들이 차도 중앙을 빠른 걸음으로 걸어갔다.

갑자기 마음속에 바보 같은 생각이 들었지만, 나는 즉시 실행에 옮겼다. 나는 그가 걷고 있는 길과 나란히 나 있는 다른 길로 뛰어가 체조 선수처럼 성큼성큼 달렸다. 그렇게 100미터쯤 뛰어가 지름길을 통해 원래 있던 그 길로 돌아와서는 한 가게 앞에서 기다렸다.

숨을 고르기 위해 있는 힘을 다해 코로 숨을 들이마셨다. 흘러내린 양말이 구두 위에 걸려 있었다. 비야르 일행이 가까이 다가온다. 네 개의 발걸음 소리가 들린다. 마치 길 위를 걷고 있는 말발굽 소리 같다. 몇 초 후면 그들이 내 옆에 올 것이다.

더 이상 쇼윈도를 쳐다보고 있을 용기가 없었다. 유리창을 통해 비야르와 눈이 마주치는 게 두려웠다. 아무렇지도 않은 척 뒤를 돌아볼까도 생각했지만, 아무렇지도 않은 모습이 일부러 꾸민 듯이 보일 것만 같아 그만두기로 했다.

비야르는 분명 날 보았다. 좁은 길이다. 그는 내가 산책 중이었다고 생각할 테고, 나에게 말을 걸어올 것이다. 그렇게 되길 기도했지만, 불행히도 나의 기도는 이루어지지 않았다.

그들은 나에게 말을 걸지 않고 그냥 스쳐 지나갔다. 비야르가 나를 보지 못했을 리가 없다. 이렇게 된 이상, 이 우스꽝스러운 연극을 또다시 반복할 수도 없었다.

정말 운도 없다. 누구 하나 나를 상대해 주지 않는다. 어차피 비야르는 나를 얼빠진 놈, 세상 물정에 어두운 인간이라고 여길 것이다. 사실은 착하고 마음이 넓은 사람인데.

앙리 비야르는 막돼먹은 인간이다. 빌려 간 50프랑 따위는 갚지 않을 게 뻔하다. 늘 이런 식이다. 이것이 세상의 답례다. 서글프고 화가 났다. 내 일생은 이렇게 고독과 가난 속에서 끝나겠지. 그렇게 생각하니 절망적인 기분이 들었다.

아직 4시밖에 되지 않았다. 레스토랑에 들어가기에는 너무 이르다. 적어도 두 시간 정도는 시간을 보내야만 한다. 잔뜩 낀 먹구름 사이로 엷은 흰 구름이 군데군데 눈에 띄었다. 대낮에는 왠지 사람을 초췌하게 하는 이 동네 분위기도 이미 그 기운을 잃고 있었다.

어쩌면 석간신문이 팔리기 시작했기 때문인지도 모르겠다. 석간신문이 나오면 사람들의 얼굴엔 생기가 되살아난다. 신문을 사지 않는 사람들마저 눈동자를 반짝인다. 원래 신문이란 아침에 읽는 것이다. 그런데 저녁 무렵 신문이 팔리고 있으니 모두들 '중요한 사건이 있나?' 하고 생각하는 것이다.

비야르에게는 정말로 실망이다. 그런데도 그가 살고 있는 동네를 떠날 수가 없었다. 나는 좀 전에 지나온 길을 걸음을 빨리해 지나왔다. 누군가가 나를 보았을지도 모른다. 한 여인이 다리를 절며 내 앞을 걷고 있었다.

나는 즉시 니나를 떠올렸다. 니나가 비야르를 진심으

로 사랑하고 있다고는 도저히 믿을 수 없었다. 비야르와
사귀기에 니나는 너무나 젊다. 뭔가 피치 못 할 사정이
있는 게 분명하다. 그렇지 않다면 어째서 열여덟 살밖에
안 된 처녀가 마흔이 넘은 중년 남자와 동거를 하겠는
가!

니나를 만나러 가보면 어떨까? 그런 생각이 조금씩
내 머릿속을 채우기 시작했다. 그럴 용기는 있었다. 왜
냐하면 여자와 단둘이 있을 때는 나의 소심함을 신경
쓰지 않아도 되니까. 아무리 머뭇거려도, 그런 점이 오
히려 상대에게 호감을 줄 수 있을 것만 같다.

실제로 니나와는 거리낌 없이 대화가 가능할 것 같
다. 비야르의 안 좋은 점을 지적해 주자. 분명 나를 이해
해 줄 것이다. 그녀는 비야르와 헤어질 것이다. 어쩌면
나를 사랑할지도 모른다.

캉탈호텔 입구의 둥근 램프가 보였다. 왠지 행복한
꿈에서 깨기 싫어 억지로 잠을 청하는 듯한 기분이다.

나는 집에서 곧장 이곳으로 왔다. 약속 시간에 늦어
서 서둘러야만 한다. 그렇게 믿으려고 노력하며 나는 호
텔 안으로 들어갔다. 내가 니나를 만나러 간들 조금도
이상하지 않다고, 그렇게 자신을 세뇌시켰다.

나는 계단을 천천히 올라갔다. 숨이 차지 않도록 천
천히. 난간을 잡자 손바닥에 흥건히 고인 땀 때문에 손
이 미끄러지는 소리가 들렸다. 머리를 행주로 동여맨 청
소부 아주머니가 어둠침침한 복도를 쓸고 있었다. 열려
있는 창문 밖으로 안뜰과 옆 건물의 뒷모습이 보였다.

옆 건물의 뒷벽에는 철망을 깔아 새장처럼 보이는 식량 선반이 걸려 있었다.

꼭대기 층에 다다르기 전에 잠시 멈춰 서서 숨을 돌렸다. 만약 어느 집인가 문이 열려 있었다면, 나는 그 자리에 멈춰 서지 않고 계속해서 계단을 올라갔을 것이다. 층계참에 멈춰 서 있는 걸 본다면 수상한 사람으로 오해받기 십상이다.

마음의 동요가 일고, 귀가 울렸다. 소라 껍데기를 귀에 갖다 댔을 때 들리는 파도 소리가 귓속에서 울려댔다. 셔츠 소매가 땀으로 젖어 있었다. 마지막 남은 계단 몇 개를 기듯이 올라가 노크를 했다.

"누구세요?"

"바통입니다."

"어머, 잠깐만 기다리세요. 씻던 중이라서요."

나는 가스 회사 직원처럼 문 앞에 서서 니나를 기다리며, 아주 작은 소리에도 귀를 기울였다. 비야르의 목소리가 들릴지도 모른다. 아니면 또 다른 누군가의 목소리가 들릴지도 모른다.

열쇠 구멍에서 빛이 새어 나왔다. 나 아닌 다른 인간이었다면 분명히 열쇠 구멍으로 방 안을 훔쳐봤을 것이다. 하지만 나는 참았다. 만약 문 앞에 쭈그리고 앉아 있는 걸 누군가에게 들킨다면 창피해서 죽고 싶을 것이다.

니나가 문을 열고 나왔다. 방금 샤워를 마친 그녀의 귀밑머리가 아직 젖어 있었다. 속눈썹이 물기로 몇 가닥씩 엉겨 붙어 있어 어젯밤보다 더 짙어 보였다. 주름 없이 탄력 있는 입술이 미소를 짓자 아름다운 이가 드러났다. 잇몸은 드러나지 않았다.

"들어와요, 바통 씨."

"방해가 된 건 아닙니까?"

"아뇨."

더 여러 번 '아니오'라고 해주길 바랐다. 그녀는 절고 있는 다리에는 신경도 쓰지 않는 기색이었다. 걸음을 멈추자, 그녀의 몸이 꼿꼿하게 바로 섰다.

"비야르 씨 있나요?"

"지금 외출 중이에요."

"이것 참 난처하게 됐군요."

"여기서 기다리세요."

나는 어젯밤에 앉았던 그 자리에 다시 앉았다. 나는 언제나 처음 선택한 자리에만 앉는 습관이 있다. 어젯밤에는 청결한 이미지를 주는 방이었다. 왁스 칠을 한 마룻바닥과 거울이 딸린 옷장, 검은 대리석 맨틀피스[1]가 램프 불빛을 받아 그렇게 보였던 것이다.

하지만 지금은 조금 달랐다. 나무 바닥이 너무 번들거려 다른 가구들과 어울리지 않았다. 벽지는 햇빛에 색이 바랬고 방 안에는 치약 냄새가 가득했다. 커튼에는 재봉틀로 꽃무늬가 수놓여 있고, 마룻바닥은 침대 다리에 달린 바퀴로 여기저기 상처가 나 있었다.

"바통 씨, 돌아보지 마세요. 옷을 마저 입을 테니까

---

1 벽난로의 윗면에 설치한 장식용 선반.

요."

  '옷을 입다'라는 말을 듣고 그녀를 끌어안고 싶은 충동을 느꼈다. 아마도 '벗다'라는 단어를 연상했기 때문일 것이다. 비야르가 언제 돌아올지 불안했다. 내가 여기 있는데 자신의 애인이 옷을 입고 있는 걸 본다면 그는 무슨 생각을 할까? 당연히 질투할 것이다.

  단추를 채우는 작은 소리나 세탁한 셔츠를 바스락거리며 펼치는 소리가 들렸다. 가끔씩 관절이 움직이는 소리도 났다. 나는 곁눈질로 그녀를 훔쳐보려고 했지만 아무리 노력을 해도 보이진 않고 눈만 아파 왔다. 그녀는 몸치장을 마치고 나와 마주 앉았다.

  나는 아무런 의미 없이 본능적으로 뒤를 돌아보았다. 여자용 바지가 널려 있는 게 보였다. 널려 있는 두 개의 다리가 가운데 한 지점에서 만나고 있었다. 마룻바닥에는 젖은 발자국이 보였다.

  "바통 씨, 컨디션은 어떠세요?"

  "뭐 그냥 그렇습니다. 당신은……."

  그녀는 대답이 없었다. 나에겐 신경 쓰지 않고 발톱 손질을 했다. 발톱 손질이 끝나면 상대해 주겠지. 그렇게 생각하며 손질이 끝나지 않은 발가락을 세어 보았다. 그녀가 하얗게 된 소제용 줄을 내려놓았다.

  "앙리 씨가 안 계시면 심심하지 않으세요?"

  "네, 그야 뭐……."

  이렇게 대답하며 그녀는 짧은 쪽 다리를 가리기 위해 스커트를 끌어 내렸다.

"하지만 그와 함께 있어 행복하죠?"

"네."

니나의 대답에서는 아무런 정열도 느껴지지 않았다. 나는 우물거리며 말했다.

"알고 있습니다."

내 말에, 조금 전까지 움직이던 손이 갑자기 멈췄다.

"저는 알고 있습니다."

나는 반복해서 말했다.

"당신, 지긋지긋하죠?"

"지긋지긋이라니, 뭐가요?"

"앙리 비야르 말입니다."

침묵이 흘렀다. 그녀는 꼼짝도 하지 않았다. 눈동자만 움직이고 있었다. 두 개의 눈동자가 같이 움직였다. 그녀가 비야르를 사랑하지 않는 게 확실했다.

내가 그를 화제로 삼았을 때, 그녀가 곤혹스러워하는 모습은 상상을 훨씬 초월하는 것이었다. 게다가 그녀는 비야르를 감싸려 들지도 않았다. 나는 자리에서 일어섰다. 처음부터 서둘러서는 안 된다. 그녀는 나를 현관까지 배웅하고, 팔꿈치를 굽히지 않은 채 손을 쑥 내밀었다. 우리 둘뿐이었기 때문에 나는 그녀의 손을 꽉 잡았다.

층계 쪽으로 나왔다. 그녀는 입구에 멈춰 서서 내 귀를 빤히 쳐다봤다. 내가 얼굴을 붉히고 있는지 살피는 것이다.

"그럼 다음에 또 뵙겠습니다."

"안녕히 가세요, 바통 씨."

문을 닫기 전 그 순간이, 재회의 약속을 할 수 있는 유일한 기회였다.

"내일 3시에."

나는 웅얼거리는 목소리로 말했다. 그녀는 아무런 대답도 하지 않았다. 나는 발밑을 보지 않은 채 하늘을 나는 요정처럼 계단을 뛰어 내려왔다.

6

몇 초 후, 나는 호텔 밖으로 나와 있었다. 목덜미까지 새빨개져 있었다. 숨을 쉴 수가 없었다. 마치 정면에서 강풍이 불고 있는 듯했다. 거울을 들여다보니 이제까지 한 번도 본 적 없는 혈관이 이마 위에 툭 튀어나와 있었다.

호텔로 돌아가 니나에게 키스를 하고 싶었다. 그녀는 나를 사랑한다. 나처럼 소심한 사람이 아니었다면, 그런 상황에서 그렇게 자제한다는 것 자체가 무리였을 것이다. 그녀는 나의 소심함에 분개하고 있을지도 모른다. 우유부단한 나에게 화가 나 있을지도 모른다.

하지만 그녀가 똑똑한 여자라면, 그녀를 존중해 주는 걸 이해할 것이다. 감사해하겠지. 사실 만난 지 얼마 되지도 않은 여자에게 키스를 한다는 건 너무 무례한 행동이다.

나에게도 애인이 생긴다. 나를 사랑하며 아무것도 바라지 않고 몸을 맡기는 연인이 말이다. 나는 일부러 늦게 집으로 돌아갔다. 그렇게 해야 긴긴밤이 조금이라도 짧아지기 때문이다.

침대에 누워 잠을 청했다. 푹 자지 않으면 내일 얼굴 모양이 좋지 않다. 내 얼굴은 좌우 비대칭으로 왼쪽 턱이 약간 튀어나와 있다. 피곤이 쌓이면 그 비대칭이 유난히 눈에 띈다.

눈을 감을 수가 없었다. 몇 번이나 잠자리를 바로잡고, 알몸으로 창가에 서서 열을 식혀 보았지만 니나의 모습이 눈앞에 아른거렸다. 내 상상 속에서 그녀의 발은 보이지 않는다. 나는 니나의 환영에 가슴이 두근대며, 한편으로는 너무나 현실적으로 되어, 어떻게 하면 아파트 관리인에게 들키지 않고 그녀를 방으로 데리고 들어올 수 있을지 머리를 쥐어뜯었다.

아무리 시간이 지나도 잠이 오지 않아, 군대에서의 일들을 하나씩 하나씩 생각해 보기로 했다. 고통스러운 경험을 했던 장소도 기억 속에서는 아름다운 장소로 바뀌었다. 이율배반적인 이야기다. 어렸을 적에 배운 노래는 되도록 부르지 않으려고 한다. 너무 자주 불러대면 추억이 퇴색되기 때문이다.

이와 마찬가지로 군대에서의 일들도 어쩔 수 없는 경우를 제외하고는 되도록 회상하지 않으려고 애쓴다. 추억은 머릿속에 소중히 간직해 두는 걸로 족하다. 내 머릿속에는 추억의 서랍이 있다. 나에게 그런 추억이 있다는 것만으로도 충분하다.

꾸벅꾸벅 졸고 있는데 옆집에 사는 우유 가게 아가씨

가 집에 돌아와 쾅 하고 문을 닫았다. 아마 영화를 보고 온 모양이다. 그녀는 창문을 닫고 세수를 했다. 지금껏 그녀는 밤중에 한 번도 세수를 한 적이 없는데, 이날은 특이하게 세수하는 소리가 들렸다.

비야르의 방문 앞에서 니나가 문을 열어 주기를 기다릴 때 들리던 소리와 같은 소리였다. 나에게는 니나가 세수하는 소리도, 우유 가게 아가씨가 씻는 소리를 듣는 것도 오늘 처음 있는 일이었다. 일상의 사소한 사건들이 언제 어디에서나 끊임없이 일어나고 있다는 것을 알았다.

나는 침대에서 빠져나왔다. 방바닥에 발이 닿을세라 엄지발가락을 하늘로 치켜들고 방 안을 성큼성큼 걸어 다녔다. 벽에 있는 구멍으로 우유 가게 아가씨가 이쪽을 엿보기를 마음속 한구석에서 은근히 기대하고 있었다.

새벽녘이 되어서야 간신히 잠이 들었다. 르쿠안 씨네 알람 시계도, 관리인이 복도를 청소하는 소리도 들리지 않았다. 관리인은 매일 아침 청소를 할 때 일부러 빗자루를 내 방문에 부딪치는데, 오늘은 그 소리도 듣지 못하고 잠이 들었던 모양이다.

눈을 뜨자 창문과 같은 모양을 한 네모난 햇살이 침대 위를 지나 이미 벽에서 흔들리고 있었다. 해가 중천에 떴다. 서둘러 일어났다. 눈꺼풀이 잔뜩 부어 있었다. 주름진 시트에 얼굴을 대고 잔 탓에 볼에 나뭇잎 모양의 자국이 생겼다.

서둘러 외출 준비를 마치고, 브러시로 정성 들여 옷

의 먼지를 떼어 냈다. 너무 오래 사용한 탓에 브러시 솔이 가닥가닥 옷에 달라붙어 하나씩 빼내야만 했다. 그리고 방을 나왔다.

화창한 봄날이었다. 태양이 머리 뒤에서 빛나고 있었고, 나는 내 그림자 위를 걸었다. 이발소에 들르기로 했다. 나도 면도칼 정도는 가지고 있다. 다만 면도칼이 잘 들지 않을 뿐이다.

이발소 주인은 윗옷을 걸치지 않은 채 바닥에 떨어진 머리카락을 쓸고 있었다. 신축성 있는 금속 고리를 양팔의 팔꿈치 위에 끼우고 넥타이는 클립으로 고정시켰다.

깨끗이 면도를 했다. 면도를 막 끝내 까칠해진 피부에 파우더를 바르고, 정각 3시에 비야르의 방을 노크했다. 니나는 분명 나를 기다리고 있을 것이다.

노크를 하는 손의 혈관이 평소보다 유난히 도드라져 있었다. 대답이 없다. 짓궂은 아가씨다. 나를 애태우며 즐기고 있다. 다시 한번 노크를 했다. 좀 전보다 세게.

문에 귀를 대고 방 안의 동태를 살폈다. 이렇게 하면 방 안의 소리를 잘 들을 수 있다. 그러나 방 안에서는 아무 소리도 나지 않았다.

주먹으로 문을 두드렸다. 아무런 대답도 없었다. 니나는 없었다. 주위에 아무도 없는 걸 확인한 후, 열쇠 구멍으로 방 안을 들여다봤다. 긴 커튼과 창문이 보였다. 니나는 나를 기다리지 않았다. 나를 사랑하지 않았던 것이다.

갑자기 오싹한 공포감이 밀려들었다. 만약 그녀가 방

안에 죽어 있다면, 내가 범인으로 오해받을 게 뻔하다. 황급히 계단을 내려왔다. 어느 층에서건 마지막 두 계단은 단숨에 뛰어내렸다.

이렇게 나와 비야르의 관계는 끝이 났다. 나는 두 번 다시 그들을 만나러 가지 않았다. 빌려준 50프랑을 받으러 가지도 않았다. 그 후로 나는 생제르맹 광장 근처에는 가지 않았다. 그렇다고는 해도, 만약 비야르에게 그럴 마음만 있었다면 우리는 행복하게 지낼 수 있었을 텐데…….

나는 친구를 찾고 있다. 소용없는 짓이라는 걸 알면서도.

뱃사람 느뵈

나는 센 강변을 따라 걷는 걸 좋아한다. 부두의 수문을 보고 있노라면 어딘가 멀리 떨어진 항구 마을에서 살고 싶어진다. 여자들과 어울려 춤추고 있는 뱃사람의 모습이 보이는 듯하다. 작은 만국기들이 펄럭이는 광경과 정박 중인 배, 돛을 내린 돛대가 눈에 역력하다. 하지만 이런 꿈은 오래 가지 않는다.

파리의 부둣가라면 전부 알고 있다. 너무도 자세히 알고 있다. 따라서 센강이 안개 낀 꿈의 어촌으로 보이는 건 아주 잠시뿐이다.

3월의 어느 날 오후, 나는 센강 강가로 산책을 나갔다. 오후 5시였다. 거센 바람에 코트가 마치 스커트처럼 나부꼈다. 모자가 날아가지 않도록 손으로 눌러야 했다.

가끔 사방이 유리로 둘러싸인 유람선이 물살보다 빠

른 속도로 수면을 미끄러져 갔다. 나무줄기가 물에 푹 젖어 반짝이고 있었다. 목을 움직이지 않아도 리옹 역에 있는 높은 시계탑이 시야에 들어왔다. 탑의 대형 시계에는 벌써 조명이 켜져 있었다. 바람이 잦아들자 바싹 마른 강바닥 냄새가 올라왔다.

나는 다리 위에 멈춰 서서, 난간에 팔을 괴고 처량한 기분으로 앞을 바라보았다. 강 여기저기에 예인선이 보였다. 예인선은 다리 밑을 통과하기 위해 모두 연통을 뒤로 젖히고 지나갔다.

사람이 살고 있는 바지선도 몇 척인가 보였다. 그 배들은 와이어로프에 팽팽하게 묶여 있고 거룻배는 강변과 긴 나무판자로 연결되어 있었다. 일꾼 한 명이 거룻배에 연결된 판자 위를 튕겨 오를 듯한 발걸음으로 왔다 갔다 했다. 마치 침대 매트리스 위를 걷고 있는 듯했다.

나는 자살 같은 걸 할 생각이 없다. 다만 누군가에게 동정받고 싶을 뿐이다. 행인들이 내 옆을 지나갈 때마다 양손으로 얼굴을 가리고 우는 시늉을 하며 코를 훌쩍였다. 모두들 나를 돌아보며 지나갔다.

며칠 전에는 진짜처럼 보이려다 자칫하면 정말로 투신자살할 뻔했다. 나는 다리 위에서 꼼짝하지 않고 강물이 흘러가는 걸 바라보고 있었다. 강바닥에는 분명히 고대 갈리아의 보물이 잠들어 있을 것이다. 그런 생각들에 빠져 있는데, 갑자기 뒤에서 누군가가 어깨를 쳐 반사적으로 팔꿈치가 번쩍 올라갔다.

깜짝 놀란 게 억울해 뒤를 확 돌아봤다. 해군 모자를 쓴 남자가 서 있었다. 수염이 난 얼굴에 담배를 물고, 손목에는 녹슨 인식표를 두르고 있었다. 남자가 말을 걸었다.

"알고 있습니다. 당신, 자살하려는 거죠?"

나는 대답하지 않았다. 섣불리 대답하기보다는 잠자코 있는 편이 관심을 끌 것 같았기 때문이다.

"이해합니다."

나는 눈물을 흘리려고 최대한 눈을 치켜떴다.

"그 마음은 잘 알고 있습니다."

눈물이 나오지 않아 눈을 감았다. 잠시 침묵이 흘렀다. 나는 우물거리며 말했다.

"말씀하신 대로입니다. 죽고 싶습니다."

어둠이 내리기 시작하자 가로등이 저절로 켜졌다. 하늘 한구석은 아직도 훤했다. 그가 내게 얼굴을 들이대고는 귀에다 속삭였다.

"저도 죽을 겁니다."

처음엔 농담이려니 했지만 남자의 손이 떨리고 있는 걸 보자 갑자기 무서워졌다. 진심일지도 모른다. 어쩌면 나를 끌어들일 생각인지도 모른다.

"저도 죽을 겁니다."

남자가 반복했다.

"뭐라고요?"

"저도 죽을 거라고요."

"미래를 생각하세요. 희망을 버리면 안 됩니다."

나는 '미래'라든가 '희망'이라는 단어를 좋아한다. 하지만 이런 말들을 입 밖으로 내지 않고 머릿속으로 생각하는 동안에는 괜찮지만, 일단 입 밖으로 뱉고 나면 무의미하게 들리고 만다. 이 뱃사람은 분명 내 말을 웃어넘길 것이다. 그는 꼼짝도 하지 않았다.

"희망을 가져야 합니다."

"이제 소용없습니다."

나는 그를 단념시키기 위해 끊임없이 떠들어 댔다. 하지만 그는 전혀 듣지 않았다. 등을 구부리고 머리를 숙인 채 팔을 축 늘어뜨리고 있다. 그 모습이 마치 파산한 은행가처럼 보였다. 다행히 그는 내가 자살을 기도하던 사람이라는 걸 잊은 듯했다. 세심한 주의를 기울였다.

"자, 돌아갑시다."

강변에서 벗어나고자 그를 재촉했다.

"그래요. 둑으로 내려갑시다."

조금 전까지는 팔을 괴고 있던 돌난간이 차갑게 느껴졌다. 하지만 이제는 내 몸이 차갑게 떨리고 있었다.

"둑으로요?"

"그래요. 죽어야죠."

"하지만 벌써 어두워졌어요. 내일 하죠."

"아니, 오늘 밤이야."

여기서 도망친다면 비겁한 인간이 된다. 평생 양심의 가책에 시달릴 것이다. 실제로 자살하려는 사람을 버려둔 채 도망친다는 건 용서받지 못할 행동이다. 나에겐

이 남자를 구해야 할 의무가 있다.

하지만 우물쭈물하는 사이에 그가 내가 투신자살하려던 사람이라는 걸 다시금 기억해 낸 듯하다. 만약 내가 최후의 순간에 싫다고 한다면 억지로 동반 자살을 기도할지도 모른다. 평소에 로프로 배를 끌며 몸이 단련된 뱃사람이다. 누군가의 팔을 잡아 물로 끌고 들어가는 것쯤 일도 아닐 것이다.

"이봐요, 그만 돌아갑시다. 그게 좋겠어요."

남자는 얼굴을 들었다. 영국 군복을 걸치고 있다. 단추는 달려 있지 않았다. 군복 속에는 목둘레가 늘어나고 몸통 부분이 헐렁헐렁한 두꺼운 스웨터를 입고 있었다.

입언저리를 보니 덧니가 나 있고, 귓속에서는 몇 가닥인가 털이 삐져나와 있다. 세어 보려는 마음만 있었다면 셀 수도 있었을 것이다. 주머니에는 산 지 얼마 안 돼 보이는 마개 달린 술병이 반쯤 나와 있었다.

그는 내 팔을 움켜쥐고 작은 계단 쪽으로 끌고 갔다. 발밑을 보니 철제 계단 아래로 둑이 보였다. 조금 더 앞쪽에는 그 둑에서 물가로 내려가는 계단도 보였다. 나는 조심조심 계단을 내려갔다. 한쪽 다리에 의족을 한 사람처럼 한 계단 내려설 때마다 번번이 양발로 계단 위에 멈춰 섰다.

얇고 넓적한 손잡이를 움켜쥐고 넘어질까 두려워하는 척하며 시간을 끌었다. 뱃사람의 손가락이 내 팔의 근육과 뼈 사이로 파고들었다. 그의 손을 뿌리쳐 보려고 몇 번이나 팔을 치켜올렸지만 헛일이었다.

둑에는 모래가 쌓여 있었다. 시에서 운영하는 공사 현장이다. 모래더미 주위에는 공사 도구가 아무렇게나 팽개쳐져 있고, 주춧돌도 놓지 않고 대충 지어 놓은 인부들의 허술한 집도 있었다. 손수레는 쇠사슬에 매여 있었다. 교량 뒤의 어두운 도로와 강변도로를 운행하는 버스의 지붕이 보였다. 바람이 등을 떠밀었다.

"둘이 함께하면 좀더 쉽게 죽을 수 있습니다."

그가 말했다.

그의 자살 결의는 확고했다. 게다가 내가 같이 자살할 걸로 굳게 믿고 있었다. 그렇게 철석같이 믿게 하고 싶은 생각도 들었다. 죽음을 두려워하고 있는 것처럼 보이는 게 싫었기 때문이다.

우리는 마치 작은 연못가에 서 있는 것처럼 센 강변에 멈춰 섰다. 나와 강 사이에 더 이상 난간은 존재하지 않았다. 이렇게 가까이에서 강을 보니 감회가 새로웠다. 실제 건물 사이나 돌다리 밑으로 흐르는 센강만 보아 오던 사람이, 이렇게 강 가까이까지 와본다는 건 정말 믿기 어려운 일이었다.

바다나 강을 보고 있으면, 나는 늘 내가 수영을 못 한다는 사실을 반사적으로 기억해 내게 된다. 지금도 그랬다.

"좀더 앞으로 갑시다. 여기서 빠져 봐야 금세 교각에 걸리고 말 테니까."

나는 즉시 동의했다. 전차가 다리를 흔들며 지나갔다. 다리가 무너지는 게 아닐까 두려웠다. 다리 아래를 걷노라면 늘 이런 두려움에 떨게 된다. 발밑에 밟히는 자갈이, 마치 각설탕을 부수는 듯한 소리를 냈다.

"왜 그렇게 죽고 싶어 하는 겁니까?"

내가 물었다.

"벌써 사흘째 아무것도 먹지 못했습니다. 잘 곳도 마땅히 없고요."

"구호 시설이 있지 않습니까."

"벌써 너무 많이 찾아가 제 얼굴을 기억하기 때문에 더 이상 원조를 받을 수가 없습니다."

주위 풍경이 센강에 수직으로 비치고 있었다. 마치 물속에서 바다표범이 헤엄이라도 치고 있는 것처럼 수면은 쉬지 않고 흔들렸다. 땅거미가 지기 시작하자 반대편 강가에 있는 집들이 수면과 같은 높이에 있는 것처럼 보였다. 베네치아의 풍경을 보고 있는 듯한 착각에 빠졌다.

"자, 용기를 냅시다. 고통은 잠시뿐입니다. 그 후에는 영원한 안식이 기다리고 있습니다."

"정말로 그렇게 생각합니까?"

"물론입니다. 자, 용기를 냅시다."

계속 팔의 똑같은 부분을 붙잡혀 있다 보니, 마치 보이지 않는 곳에서 게가 발을 물고 있는 것 같은 착각이 들어 등골이 오싹했다.

"잠깐만요. 우선 이 팔 좀 놔주세요."

나는 죽기 싫었다. 게다가 만약 죽는다 하더라도 타인에게 끌려서 억지로 죽기는 싫었다. 자살이란 완벽하게 자유로워야 한다. 자살은 보통의 일반적인 죽음과는 다르니까.

뜻밖에도 그는 내 말대로 순순히 팔을 놓아주었다. 마치 목을 졸리고 있었던 것처럼, 그가 팔을 놓아주자 폐 속으로 시원한 공기가 밀려들었다. 그가 몸을 웅크리더니 마디가 굵은 손가락 두 개로 강물의 온도를 쟀다.

"좀 차갑군."

그는 손가락을 빼며 말했다.

"다시 한번 생각해 보죠."

"아뇨. 지금 결말을 지어야 합니다."

지금까지 살아오면서, 이와 비슷한 경우가 몇 번 있었다. 그 원인은 언제나 나의 고독에서 비롯되었다. 누군가의 관심을 받고 싶고, 누군가에게 사랑을 받고 싶다. 나는 언제나 그렇게 갈망한다. 다만 아는 사람이 없으니, 타인의 관심을 끌기 위해서는 거리로 나갈 수밖에 없는 것이다. 거리로 나가지 않으면 사람들의 관심을 끌 기회가 없다. 그렇게 하다 보니 결국 이런 꼴이 되고 만 것이다.

나라는 인간은, 말하자면 한겨울 밤 다리 위에서 노래를 부르고 있는 거지와 비슷한 처지다. 사람들은 그 거지에게 아무것도 베풀지 않고 그냥 지나친다. 거지를 가장해 돈을 구걸하려는 사람이 하도 많아, 이미 모두들 이력이 나고 만 것이다.

그와 마찬가지로 내가 다리 난간에 팔을 괸 채 무료하고 우울한 모습으로 있어도 어차피 시시한 연극이려니 생각하고 모두들 대수롭지 않게 여기고 만다. 사실 그렇긴 하다. 연극이라는 걸 꿰뚫어 본 사람들이 정확히 본 것이다.

다만 남의 시선을 끌기 위해 한밤중에 다리 위에서 구걸을 한다거나, 난간에 기대 우울한 척을 하는 그 자체가 너무나도 서글픈 것이다. 그렇지 않은가.

그가 좀더 쉽게 가라앉도록 주머니에 작은 돌들을 채워넣기 시작했다.

"봐요, 이렇게 하는 거라고요."

그가 나에게 따라 하도록 명령했다.

사태가 긴박해졌다. 웬만하면 돈 이야기는 꺼내지 않고 해결을 하고 싶었지만 더 이상 버틸 수가 없었다. 사실 그날 나는 약간의 돈을 가지고 있었다. 뭔가 예상치 못한 일이 생겨 상황이 호전되면, 돈 이야기는 꺼내지 않고 사태가 수습되리라는 막연한 기대를 품고 있었다. 나는 외쳤다.

"잠깐, 기다려요!"

모래더미 옆에 쭈그리고 앉아 자갈을 고르고 있던 그가 뒤를 돌아보았다.

"됐어, 천만다행이야."

그가 영문도 모른 채 나를 물끄러미 바라보았다.

"지금 막 생각났는데, 조금이지만 돈을 가지고 있어요."

그가 벌떡 일어나더니 내 쪽으로 한 발짝 다가섰다. 그의 손가락 사이로 자갈이 떨어졌다. 그의 눈이 반짝이고 있었다.

"돈이 있다고?"

"네, 네."

그는 죽다 살아난 사람처럼 망연자실한 모습으로 멈춰 섰다. 한줄기 눈물이 턱수염을 따라 흘러내렸다. 그가 느닷없이 양팔을 위로 치켜들고는 세 번, 네 번 거듭해서 펄쩍펄쩍 뛰었다.

"돈이 있단 말이죠?"

"네, 네."

"보여 줘요, 어서요."

나는 가진 돈이 전부 드러나지 않도록 조심하면서 지갑을 열고, 꼬깃꼬깃한 지폐 한 장을 꺼냈다.

"봐요, 여기 10프랑, 넣어둬요."

사내는 애틋한 눈빛으로 지폐를 한참 바라보다가 조심스레 구겨진 지폐를 폈다. 나는 그를 데리고 레스토랑에 갔다.

"자네는 무얼 마실 텐가?"

나는 그를 '자네'라고 불렀다. 당연하다. 나는 생명의 은인이다. 게다가 이 남자는 나보다 더 가난하니까.

"당신과 같은 걸로 하겠습니다."

"그럼 와인이라도 한잔할까?"

"네."

물로 씻은 1리터짜리 병에 든 와인과 가운데 갈라진 자국이 있는 커다란 바게트가 나왔다. 그리고 접시 위에서 아직도 지글지글 소리를 내고 있는 소시지구이 네

개도 함께 나왔다.

나는 음식값을 지불했다. 나는 항상 음식을 먹기 전에 계산을 끝낸다. 그렇게 하면 식사하는 내내 마음 편할 수 있고, 지갑의 돈을 더 이상 헐지 않아도 된다. 그가 소시지를 먹기 위해 달려들었다.

"천천히 먹게. 뜨거우니 데지 않도록 조심해."

대답이 없어 무시당한 기분이 들었다. 그가 소시지를 다 먹고 난 후, 내가 다시 말을 걸었다.

"만족하나?"

그는 손바닥으로 콧수염을 훔치고 "네"라고 대답했다.

"배부르게 먹었나?"

"네."

그는 '네'라고밖에 대답하지 않았다. 전혀 감사의 표현을 하려 들지 않는 게 비위에 거슬렸다. 조금 전의 선물을 기억나게 해주리라 마음먹었다.

"10프랑은 잘 넣어 두었나?"

"네."

정말이지 섬세함이라고는 찾아볼 수가 없는 놈이다. 나라면 생명의 은인에게 좀더 정중히 대답했을 것이다. 이 사내는 상대가 나였기에 운이 좋았다. 내가 관대하고 마음 넓은 사람이기 때문에 배은망덕한 말버릇에도 친절함을 잃지 않고 있는 것이다.

"자네 이름이 뭔가?"

"느뵈, 그런데 자네 이름은?"

결국 그도 나를 '자네'라고 부르기 시작했다. 돼먹지

못한 것들과는 가까이 지내지 말아야 한다. 뼈저리게 그런 생각이 들었다. 이 녀석은 우정과 버릇없음을 구분하지 못하고 있다. 그래서 나에게 기어오르며 나와 자기의 입장이 다르다는 것조차 잊어버렸다.

그런 점에 있어서 나는, 가령 손윗사람이 나를 편하게 대해 주어도 절대로 버릇없는 태도를 취하지 않는다. 그것이 상대의 기분을 얼마나 상하게 하는지 너무도 잘 알고 있기 때문이다.

느뵈에게 화가 난 건 아니다. 하지만 좀더 예의 바른 태도를 취할 수는 없는 걸까. 내 경우에는 비야르를 정중히 대했었다. 나는 너무나도 예의 바른 사람이기에, 느뵈에게 내 이름을 정중히 밝혔다.

"나는 빅토르 바통일세."

느뵈의 광대뼈 위에 잘 익은 과일처럼 붉은 기가 돌았다. 턱수염도 좀 전보다는 멋있어 보였다. 스웨터에는 빵 부스러기가 잔뜩 떨어져 있었다. 무례한 건 사실이지만, 느뵈는 그런대로 호감이 가는 인간이었다.

드디어 나에게도 마음 편히 만날 수 있는 친구가 생겼다. 느뵈는 달리 아는 사람도 없는 것 같으니 질투할 일도 없을 것이다. 게다가 나는 그보다 나은 생활을 하고 있다. 자신을 가져도 좋다. 같이 거리에 나가면 그는 분명 내가 좋아하는 길을 걷고, 내가 마음에 들어 하는 가게 앞에 멈춰 서 줄 것이다.

"오늘 밤 어디서 묵을 작정인가?"

나는 그가 잘 곳이 없다는 걸 뻔히 알면서 이렇게 물

었다.

"글쎄."

"걱정하지 말게. 나만 믿어."

처음에는 집으로 데려갈까 생각했지만, 그 생각은 곧 접었다. 아파트 관리인이 절대로 좋은 얼굴을 하지 않을 것이다. 그리고 무엇보다 내 침대는 성역이다. 누구나 그렇겠지만 나 역시 몇 가지 규칙을 갖고 살아간다. 특히 방 안에서는 여러 가지 규칙이 있다. 예를 들면 담요가 한 장 부족하면 밤새 한잠도 이루질 못한다거나 하는…… 그런 다음 날 아침에는 세수를 하고 거울을 보며 경악을 금치 못할 것이다.

느뵈에게는 역시 적당한 호텔의 작은 방을 구해줘야겠다. 일주일에 10프랑 정도면 꽤 괜찮은 옥탑방을 빌릴 수 있다.

나는 그렇게 결심했다. 하지만 느뵈에게는 아무 말도 하지 않았다. 잠시 애를 태우기로 했다. 나는 나 자신이 느뵈에게 신적인 존재라는 사실을 다시 한번 의식했다. 언제쯤 구원의 손길을 뻗어 줄지 모르는 신인 것이다.

느뵈의 얼굴이 불안으로 창백해졌다. 경제적 여유가 있는 사람이라면, 예를 들어 뭔가 난처한 일이 생겨도 체면을 차릴 줄 안다. 하지만 느뵈는 가난뱅이라 그런 기술이 몸에 배어 있지 않았다. 그의 손은 자고 있는 사람의 손이 파리에 반응하듯 움찔움찔 경련을 일으켰고, 눈은 불안하게 이리저리 두리번거렸다.

사람의 마음을 가지고 노는 건 좋지 않은 일이다. 하

지만 내가 하고 있는 행동이 과연 나쁜 짓일까. 이렇게 느뵈에게 가혹하게 대하는 건 나중에 더욱 즐겁게 해주기 위해서다. 만약 잠자리를 구해 줄 생각이 없었다면, 그를 애태우며 즐기지도 않았을 것이다.

"좀더 마시겠나?"

"네."

나는 와인을 한 병 더 추가시켰다. 컵을 깽 하고 부딪쳐 건배를 하는 순간, 내 손톱이 느뵈의 손톱보다 손질이 잘 되어 있다는 사실을 발견했다. 자랑스러워할지 겸연쩍어할지 판단이 서지 않았다.

빈 컵에 나는 서둘러 와인을 따랐다. 내 컵에도, 느뵈의 컵에도. 그가 병을 만지게 허락하고 싶지 않았다. 그가 멋대로 와인을 따른다면 도저히 참을 수가 없을 것같았다. 누가 더 위인지를 잊으면 곤란하다. 그런데 그는 이미 나를 '자네'라고 부르고 있었다. 그것만으로도 나를 자극하기에 충분했다.

유쾌하게 한잔했다. 그네를 탄 것처럼 어지러웠다. 나는 내가 착한 사람이 되어 가는 걸 느꼈다. 아무런 저의도 없는 정말로 좋은 사람 말이다.

"이봐, 느뵈. 걱정할 거 없어. 내가 방을 잡아주지. 원한다면 진정한 친구가 되자고. 늘 함께할 수 있는……."

느뵈의 표정이 변했다. 아마 관자놀이로 흘러내린 머리칼 때문일 것이다. 코끝에서 입술 위까지 인중이 깊이 패여 배우 같아 보이는 것도, 그다지 눈에 띄지 않았다.

"아, 좋아요. 그쪽에서 원한다면."

여전히 버릇없는 말투에 화가 치밀어 올랐지만 조금 전처럼 신경이 쓰이지는 않았다. 일일이 그런 일에 신경을 쓸 필요는 없을 것이다. 와인의 취기에, 나는 내가 가진 모든 것을 느뵈와 함께 나누고 싶어졌다.

"자, 갈까?"

내가 빵 부스러기가 잔뜩 떨어진 코트 깃을 털며 말했다. 술에 취했지만 추가로 주문한 와인 값을 아직 치르지 않았다는 사실은 똑똑히 기억하고 있었다. 하지만 잊은 척했다. 느뵈가 그 사실을 내게 상기시켜 주는 대신, 아까 나한테 받은 10프랑짜리 지폐를 꺼내 들고 가게 여주인에게 말했다.

"얼마입니까?"

확실히 의식은 하고 있지 않았지만, 나는 아마도 이 말을 기다리고 있었는지도 모르겠다.

"왜 이래, 이러지 말게. 내가 낼 테니."

바깥의 찬 공기를 쐬도 좀처럼 취기가 가시지 않았다.

사람들로 북적이는 거리가 마치 타인의 안경을 쓰고 보는 것처럼 뿌옇게 흐려 보였다. 오가는 사람들이 모두 가면을 쓰고 있는 듯 느껴졌다. 내 허리춤 높이로 자동차의 헤드라이트가 스쳐 지나갔다. 귓속에 솜방망이가 들어 있는 것처럼 소리가 멀게만 들린다. 택시 엔진 따위는 뜨거운 고철에 불과하다.

그렇게 생각하기로 했다. 발밑의 보도가 흔들려 마치 체중계 위에 서 있는 기분이었다. 거리가 온통 불빛으로 넘쳐 꿈을 꾸고 있는 듯하다. 행복했다. '난 행복하다!' 라고 외치고 싶을 만큼.

나는 이제 내가 가진 것을 느뵈와 나눠 갖는 것만으로는 만족할 수 없었다. 나눠 갖는 게 아니라 모든 것을 그에게 주고 싶었다. 가난하다고는 해도, 나는 아직 너무나 여유로운 편인지도 모른다. 타인에게 모든 것을 주고 자신은 빈털터리가 되어, 그가 행복해하는 모습을 지켜보며 행복해하는, 이처럼 고귀한 환희가 또 있겠는가!

느뵈에게 '모든 걸 자네에게 주겠네'라고 말하려던 그 순간, 다른 생각이 머릿속에 떠올라 걸음을 멈췄다. 어쩌면 이 남자는 그럴 가치가 없는 인간일지도 모른다.

내 머릿속에 한 가지 묘안이 떠오른 것은 같이 걷기 시작한 지 5분 정도 지났을 무렵이다. 그야말로 성숙한 한 사람의 성인만이 생각해 낼 수 있는 훌륭한 묘안이었다. 뒤에 따라오던 느뵈에게 말을 걸었다.

"플로라에 가 보겠나?"

"플로라요?"

"즐기는 곳 말일세."

술에 취한 느뵈는 한쪽 어깨가 처져 있었다. 그는 몸을 비스듬히 기울인 채로 보도의 가장자리를 걷고 있다. 팔꿈치를 옆구리에 대고, 손을 턱 근처에서 흔드는 모양이 마치 굉장한 모략꾼 같았다. 머리도 제 위치를 잡지 못하고, 짧은 끈에 매달린 풍선처럼 이리저리 흔들렸다. 플란넬로 만든 벨트 끝이 무릎까지 내려와 있다.

"느뵈, 알겠지? 이렇게 살아 있는 게 물속보다 훨씬

낫다는 거."

나는 한없이 행복했다. 친구가 내 뒤를 따르고 있다. 주도권을 잡고 있는 건 나다. 더 이상 오른쪽으로 갈지 왼쪽으로 갈지 고민할 필요가 없다. 어느 쪽으로 가든 그가 따라올 게 확실하기 때문이다.

거리는 변함없이 군중들로 대혼잡을 이루고 있었다. 하지만 그 누구도 우리가 가는 길을 막지 않았다. 우리가 대로를 가로지르려 하자 경찰관이 때마침 차량 흐름을 끊었다.

도로는 사람들로 가득했지만, 우리가 가까이 다가가면 모두들 멀찍이 물러서 주었다. 인적이 드문 골목길로 접어들자, 길가에 접한 집들의 2층 높이까지 가로등 불빛이 비치고 있었다. 벽에 우리 둘의 그림자가 보였다. 그림자는 우리를 앞서거니 뒤서거니 하면서 쫓아왔다.

아파트 꼭대기 층에 밝게 불을 밝힌 방이 보였다. 반대편 건물에는 그 아파트 창문 모양이 커다랗고 흐릿한 정방형 불빛이 되어 비쳤다.

나는 몇 번이나 휘청거리며 벽에 손을 짚었다. 손톱 안쪽에 벽에서 긁힌 회반죽이 끼었다. 가끔씩 윗옷 안주머니를 만져 보았다. 술에 취했지만 지갑이 없어지진 않았는지 계속 확인했다. 느뵈가 눈치채진 않을까 불안했다.

요란한 축음기 소리가 들렸다. 출입문에는 번지수를 나타내는 네온사인 숫자가 번쩍이고 있었다. 그 가게가 나의 목적지였다.

솔직히 말하자면 이런 가게에 도저히 혼자 들어갈 용기는 없었다. 하지만 누군가와 함께라면 얘기가 다른 것이다. 일행이 있으면 다른 사람들의 이목이 나한테만 집중되지는 않기 때문이다.

그렇다고는 해도 긴장과 흥분으로 배가 아파왔다. 어릴 적부터 말로만 듣던 사창가라는 곳에 드디어 발을 들여놓을 기회가 왔다. 게다가 누군가의 뒤에 붙어 따라 들어가는 것과는 의미가 달랐다. 내가 친구를 데리고 당당히 들어가는 것이다.

초인종을 눌렀다. 손님이 다른 사람들의 눈에 띄지 않도록 배려하는 듯 곧바로 문이 열렸다. 가게 안으로 들어서자 기계 장치가 달린 문이 저절로 닫혔다.

맨 처음 생각이 미친 건 모자였다. 우선 모자를 벗고 단골손님인 양 가게 안쪽으로 성큼성큼 걸어 들어갔다.

"아니에요! 그쪽이 아닙니다."

문을 열어 준 뚱뚱한 여자가 외쳤다. 여자는 하얀 스타킹을 신고 쇠사슬이 달린 가방을 메고 있었다. 레이스 앞치마를 두르고 있었지만, 앞치마라고 하기엔 너무나 짧은 대용품이었다. 나는 그 자리에 우뚝 멈춰 섰다. 단골손님인 척 밀어붙이려던 계획이 이 여자의 한마디에 엉망진창이 되고 말았다.

우리는 그녀의 안내를 받으며 가게 안쪽에 있는 방으로 들어갔다. 놀랄 만큼 큰 방이었다. 방 안에는 이미 몇 명인가 손님이 있었다. 모두들 잘 손질한 수염을 만족스레 만지작거리며, 축음기의 레코드가 돌아가는 걸 바라보고 있었다. 방 안쪽에는 스테이지처럼 보이는 것이 있었다. 오랫동안 사용하지 않은 게 분명한 무대 배경이 가득 쌓여 있었다.

"아가씨들은 식사 중입니다. 곧 내려올 겁니다. 우선 마실 거라도 주문하시겠습니까?"

이런 가게에서 먹고 마시는 건 그 값이 상당하다는 걸 알고 있었지만 와인을 병째 주문하고는 자리에 앉았다. 나는 코트를 벗지 않았다. 소매 안감이 너덜너덜 해져 있어 나중에 다시 입으려면 한바탕 곤욕을 치러야 하기 때문이다.

옆에 있는 느뵈를 보고 있자니 점점 화가 치밀어 올랐다. 모자는 쓴 채였고 셔츠에는 칼라도 달려 있지 않았다. 게다가 돈이 없으면 얌전히라도 있으면 좋으련만 도발적인 얼굴로 주위를 둘러보고 있다. 나는 팔꿈치로 그를 쿡쿡 찔렀다.

"모자 정도는 벗어."

느뵈는 순순히 내 말에 따랐다. 모자를 벗자 빨간 한 가닥의 흉터가, 한쪽 관자놀이에서 반대편 관자놀이까지 이어져 있었다.

느뵈는 검지로 쉴 새 없이 눈을 비볐다. 검지는 젖어 있었다. 나는 테이블 밑에서 성냥개비로 손톱의 때를 파냈다. 아직 모든 전구가 다 켜지지 않은 터라, 극장에 너무 빨리 들어왔을 때 같은 기분이 들었다. 손님들은 모두 무료해하고 있었지만, 그렇다고 방에서 나가지도 못하고 손을 주머니에 찔러 넣은 채 묵묵히 앉아 있었다.

모두들 새빨간 코가 반짝이는 것처럼, 빨개진 귀가 불빛에 빛나고 있었다. 합성 피혁을 씌운 소파는 오랫동안 사용한 직물처럼 광택을 발하고 있다. 축음기가 멈췄다. 그러자 손님 중 한 명이 입으로 축음기 소리를 냈다. 어려운 기술은 아닐 것이다. 그런 흉내를 내는 사람을 몇 명 본 적이 있다.

드디어 여자들이 들어왔다. 몇인가 세어 보니 일곱 명이었다. 여자들의 짧은 드레스에서 퀴퀴한 곰팡내가 풍겨왔다. 모두의 얼굴이 광택지로 만든 종이 인형처럼 창백하게 빛나고 있었다. 손에 잔뜩 낀 반지가 번쩍번쩍 빛이 났다.

매춘부는 혼자 있을 때면 다리가 예쁘게 보이지만 여럿이 함께 있으면 그 순간 결점이 드러나는 법이다. 어째서인지는 모르지만 그들 중 한 명이 우리 쪽으로 웃으며 다가와 소파에 몸을 던졌다. 이가 누런 여자였다. 하얀 피부에 누런 이가 유난히 눈에 띄었다. 핏발 선 눈이 오래된 시계의 숫자판을 연상시켰다.

그녀가 몸을 움직일 때마다 향수 냄새가 코를 찔렀다. 느뵈는 그 여자를 숭배하듯이 바라보았다. 그는 사람이 완전히 변해 버렸다. 여자에게 수다스럽게 말을 걸며 흥에 겨워했다. 나 따위는 안중에도 없었다. 그녀가 갑자기 일어서서 느뵈의 팔에 매달렸다. 곧 그 둘은 함께 사라졌다.

내 앞에는 테이블 위의 컵 세 개와 와인 두 병이 남겨졌다. 계산을 마치고, 나는 가게를 나왔다. 서글픈 생각으로 머릿속이 가득했다. 그날 밤 나는 느뵈를 위해서라면 어떤 일이라도 해줄 각오였다. 나는 그가 좋았다. 나보다 훨씬 더 보잘것없는 그가.

하지만 그는 내가 준 10프랑을 내일의 빵값으로 남겨놓지 않고, 여자와 노는 데 다 탕진해 버렸다. 어쩌면 그는 지금쯤 죽었을지도 모른다. 분명 익사했을 것이다.

하지만 그가 만약 내 말에 귀를 기울이고, 나에게 애정을 가졌더라면 우리 둘은 틀림없이 행복하게 지낼 수 있었을 것이다. 적어도 나를 바보 취급하지는 말았어야 했다.

그날 밤 나 역시 가게에 있는 여자와 하룻밤 즐길 수도 있었지만, 그렇게 하지 않았다. 왜냐하면 느뵈에게 호텔 방을 잡아 주려고 했기 때문이다.

내 마음은 친절함의 보고이다. 그는 그걸 알아채지 못하고 한순간의 욕정을 채우고 만 것이다. 누군가에게 친절히 대해주면 언제나 항상 이런 식의 대접을 받고 만다. 이 땅에서 사람과 사람이 서로를 이해한다는 게 이렇게도 어려운 일이란 말인가.

신사 라카즈

1

기차역에 가면 미지의 세계를 엿볼 수 있고, 인생의 묘미를 맛볼 수도 있다. 그래서 나는 역을 좋아한다. 특히 리옹 역을.

리옹 역에 우뚝 서 있는 사각 탑을 올려다볼 때면 나는 늘, 세운 지 얼마 안 된 새 탑이라 그렇겠지만, 독일의 거리에 서 있는 새 기념탑을 떠올린다. 군대에 있을 때 가축용 화물차에 실려 가며 본 적이 있는 그 기념탑을 말이다.

역을 좋아하는 이유는, 거기는 밤낮없이 활기가 넘치기 때문이다. 나 역시 역처럼 잠을 자지 않고도 생생할 수만 있다면 지금처럼 고독하지는 않을 것이다.

역에 가면, 유복한 사람들의 사생활을 엿볼 수 있다.

거리에서 스쳐 지나가는 것만으로는 유복한 사람들과 그렇지 않은 사람들의 차이를 잘 알 수 없다.

하지만 그들이 파리를 떠날 때면 이야기를 나누는 모습, 웃는 모습, 뭔가를 명령하는 모습을 자세히 지켜볼 수가 있다. 이별의 순간도 같이할 수 있다. 가난뱅이에다 친구도 없고, 여행 가방도 가지고 있지 않은 나에게는 흥미진진한 광경이다.

여행을 떠나는 사람들은 나처럼 타인의 출발을 배웅만 하는 인간이 되고 싶지는 않은 모양이다. 키가 큰 아가씨들이 트렁크를 맡기기 위해 순서를 기다리고 있다. 아름다운 아가씨들이다. 나는 그 여자들을 주의 깊게 관찰했다. 만약 여공 옷차림이었더라도 지금처럼 예쁠까 하는 생각을 하면서.

내가 리옹 역을 사랑하는 것은 뒤쪽으로 센강이 흐르기 때문이다. 거기서는 센강의 모든 것을 볼 수 있다. 둑이 있고, 공중에서 목의 방향을 바꾸는 크레인과 작은 섬처럼 꼼짝도 않는 주거용 배들도 있다.

배의 연통들은 연신 연기를 내뿜고 있다. 연기는 어느 정도 높이까지 솟아오르면 더 이상은 올라가지 못하고 공중으로 흩어져 버리는데, 그런 광경마저도 볼 때마다 정겹다.

자물쇠가 달려 있지 않은 역의 출입문이 계속 열렸다 닫히기를 반복한다. 유리를 깐 바닥은 미끈거려 마치 전나무 잎이 쌓인 숲길을 걷는 것처럼 발밑이 미끄럽다. 매점의 습기 찬 창문에는 전단지가 붙어 있다. 틈새로 들이치는 센 바람에, 사람들은 신문을 펼쳐 들고 읽는데 애를 먹었다. 매표소 안쪽은 한낮인데도 불구하고 불을 밝히고 있었다. 철도 직원은 거리의 경찰관과 흡사한 느낌을 준다.

그 누구도 내게 관심을 갖지 않는다는 사실이 서글펐다. 하지만 나는 계속해서 슬픔에 잠겨 있기 위해 노력했다. 여행을 떠나는 사람들은 이런 내게 조금이라도 양심의 가책을 느껴야 한다. 외국으로 떠나는 열차 안에서 내 생각을 해주기를 바란다.

나는 머리를 숙이고 터벅터벅 걸었다. 아름다운 여자들이 스쳐 지나갈 때마다 애처로운 눈빛을 보내며 애정을 갈망하는 내 마음을 알아주기를 바랐다.

나는 언제나 인생이 확 뒤바뀔 만한 대사건이 터지기를 기대하면서 집을 나서고, 밤이 되어 집으로 돌아올 때까지 그 기대를 버리지 않는다. 결코 방 안에 틀어박혀 하루를 하릴없이 허비하지 않는다. 하지만, 유감스럽게도 그런 사건이 일어난 적은 단 한 번도 없다.

"이봐, 거기 당신!"

뒤를 돌아보니, 20미터 정도 앞에 한 신사가 서 있었다. 바람이 지나가는 길목인 듯 배의 갑판 위에 서 있는 것처럼 외투 자락이 펄럭이고 있었다. 오른손에는 트렁크가 들려 있었다.

나에게 말을 걸었는지 확신할 수가 없어 상대의 반응을 살피자 그 신사는 검지로 총의 방아쇠를 당기듯이 신호를 했다. 주위를 둘러보니 다른 사람에게 말을 거는 게 아니라는 것이 확실했기 때문에, 그에게 다가갔다.

처음 보는 남자였다. 검붉은 콧수염은 말끔히 손질되어 있고, 뚱뚱하게 살이 쪄 배가 윗옷 밖으로 튀어나와 있었다. 나는 당혹스러웠다. 짐꾼으로 오해받은 건 그렇다 치고, 애써 혼자서 슬픔에 젖어 있는 시간을 방해받는 게 불쾌했다.

타인이 말을 걸어 온 이상, 나는 이제 다른 사람과 별다를 바가 없어진 것이다. 이 남자 탓에 고독을 음미할 권리마저 잃고 말았다.

"자네, 이 트렁크 좀 들게."

그 신사는 여행에서 돌아오는 사람 특유의 나른함을 온몸으로 뿜어내고 있었다. 여행 갔다 돌아올 때는 시중을 받는 게 당연하다고 생각하는 사람 특유의 귀찮음을 표출하고 있었다. 이런 사람들은 자신이 걷는 길 앞에 타인이 비켜주는 걸 당연하게 생각한다.

나는 트렁크를 받아 드는 걸 주저했다. 젊은 아가씨가 이쪽을 보고 있었기 때문이다. 그러다 결국은 포기를 하고 부상당하지 않은 손으로 트렁크 손잡이를 들고, 신사의 뒤를 따라 걸었다. 그의 외투 뒷자락이 구겨진 채 그대로였다. 아마 열차 안에서 코트를 입은 채로 계속 앉아 있었던 모양이다.

나는 가쁜 숨을 고르기 위해 몇 번이나 멈춰 서서 납작하게 눌린 손가락을 내려다봤다. 남자는 나의 속도와는 관계없이 계속해서 걸어가다가 상당히 거리가 벌어지면 뒤를 돌아보았다. 그렇게 하면 나에게 일일이 수고 한다는 말을 하지 않아도 되기 때문일 것이다. 나는 계속 고개를 숙인 채 걸었다. 트렁크가 다리에 닿아 바지가 벗겨질 지경이었다.

나는 이 남자에게 내 신상에 관한 이야기를 하고 싶어졌다. 어쩌면 흥미를 가져줄지도 모른다. 지금 큰맘 먹고 이야기하지 않으면 나중에 분명히 후회할 것이다. 그런 생각이 들자 좀이 쑤셔 견딜 수가 없었다.

평소에 내가 얼마나 큰 고통을 견디고 있는지, 그런 이야기를 쉽게 할 수 있을 것 같기도 하고 절대 입도 뻥긋 못 할 것도 같았다. 특히 누군가에게 작정을 하고 이런 이야기를 꺼내려고 하면 잘 안되었다.

그 남자도 예외가 아니었다. 더구나 큰맘 먹고 말을 걸어 볼라치면 그때마다 그는 주머니 속을 뒤지거나 어딘가에 시선을 고정하고 멍하니 생각에 잠겼다. 그것만으로도 내 용기를 꺾기에 충분했다. 이런 멋진 신사의 사색을 방해하거나 억지로 이쪽으로 관심을 돌릴 용기가 내겐 없었다. 정말로 말을 걸려면, 그가 아무것도 하지 않는 순간을 잘 포착해야만 한다.

역 구내에서 밖으로 나가 보도에 서 있으니 미끄러지듯 택시가 다가왔다. 나는 화물차의 문을 열 때처럼 힘겹게 택시 문을 열었다. 손잡이를 어느 쪽으로 돌려야 하는지 몰랐기 때문이다.

택시 운전사가 신사와 나를 머리끝에서 발끝까지 유심히 훑어보았다. 마치 말 위에서 적을 살피는 기사 같았다. 운전사는 매우 침착했다. 그에 비하면, 트렁크를 싣느라 온갖 애를 쓰고 있는 내 모습이 주위 사람들 눈에는 필경 우스꽝스럽게 보였을 것이다.

신사는 엔진 소리에 목소리가 묻혀 버리지 않도록 큰 소리로 행선지를 말하고는 손바닥에 돈을 늘어놓고 그중 하나를 내게 내밀었다. 여기서 팁을 받는다면 나중에 얼굴을 붉히게 될 것이다. 자존심 때문이라기보다는 오히려 상대의 관심을 끌기 위해, 나는 손까지 저으며 팁을 사양했다.

"자네, 돈이 필요 없나?"

신사의 어조가 변했다.

팁을 거절하는 것이 특별히 대단할 건 없지만, 신사는 매우 감동받은 눈치였다. 운전사가 핸들을 잡은 채로 뒷자리의 상황을 지켜보고 있었는데, 그 얼굴이 정맥류처럼 푸르스름했다.

"왜 사양하는 건가. 자네, 돈이 필요할 텐데."

이렇게 그가 말하는 순간, 나는 아무렇게나 변명하고 도망쳤어야 했다. 하지만 나는 그 자리에 서 있었다. 이유를 알 수 없는 기대가 가슴을 파고들었기 때문이다.

"재미있군, 마음에 들었어."

신사는 명함을 꺼내 택시 지붕을 받침대로 삼고는 '10시'라고 적었다.

"받아두게. 그리고, 내일 아침에 날 만나러 오게."

그가 그렇게 말하고 택시에 올라탔다. 택시가 작은 배처럼 흔들렸다. 나는 뭐라고 대답해야 좋을지 몰라 명함을 손에 쥔 채로 길 한구석에 우두커니 서 있었다. 택시는 역 앞 광장 끄트머리에서 유턴을 해 다시 한번 내 앞을 스쳐 지나갔다.

그 순간 운전사가 내게 시선을 보냈다. '잘도 관심을 끌었군! 빨리 꺼져 버려'라고 말하고 싶은 시선이었다. 담배에 불을 붙이는 신사의 모습이 언뜻 보였다. 택시가 멀어졌다. 나는 차 번호를 기억해 두었다. 어째서 그걸 기억하려 했는지는 나 자신도 잘 모르겠다.

그에게서 받은 명함을 다른 사람들 앞에서 보기는 싫었다. 지금까지의 광경을 가까이서 지켜보던 사람이 있었기 때문에, 나는 재빨리 그 자리를 떠났다. 그리고 5분 정도 걷고 난 곳에서 명함을 꺼내 보았다.

사업가, 장 피에르 라카즈.

바이런가 6번지.

강렬했다. '사업가'라는 단어도, '바이런가'라는 지명도 모든 게 강렬했다. '바이런가'라면 적어도 내가 살고 있는 곳 근처에는 존재하지 않는 거리의 이름이다.

나는 내일 아침 10시에 라카즈 씨의 자택을 방문하는 것이다. 드디어 구원의 손길이 내려왔다. 나에게 관심을 가져주는 사람이 나타난 것이다.

2

저녁 무렵 방으로 돌아와 세숫대야에 물을 담아 양말과 손수건을 빨았다. 잠자리에 들어서는, 15분 간격으로 잠에서 깼다. 번번이 꿈의 대단원 바로 직전이었다.

눈을 뜨면 나는 그 사업가 생각에 빠졌다. 상상은 부

풀어만 갔다. 분명 그 사업가에게는 딸이 있을 것이다. 그 딸과 나는 결혼한다. 이윽고 사업가는 죽고, 나에게 유산이 굴러떨어진다.

하지만 아침이 되자, 나는 반성부터 했다. 지난밤에는 너무 지나친 상상을 했다. 라카즈 씨 역시 다른 인간들과 다를 바 없다. 극히 평범한 인간일 것이다.

외출 준비를 하면서, 지금껏 경험해 온 사건들 중에 라카즈 씨의 관심을 끌 만한 일들이 무엇인지 생각해 보았다. 그에게 어떤 이야기를 할까? 몇 가지 화제를 준비했다. 내가 아무리 불행하고, 가난하고, 고독한 존재라 해도 모든 걸 다 털어놓을 수는 없다.

나는 두 벌의 양복을 갖고 있다. 언제나 입고 다니는 양복 말고 검은색 양복이 한 벌 더 있다. 그 검은 양복을 입을까 말까 고민했다. 라카즈 씨는 내가 가난에 찌들어 보이는 복장을 하고 가는 걸 좋아할까? 그렇지 않으면 그에게 경의를 표하기 위해 한 벌밖에 없는 나들이옷을 입고 가는 걸 기뻐할까?

결국 검은 양복을 입기로 했다. 브러시에 침을 뱉어 옷의 얼룩을 문질렀다. 전부터 계속 신경 쓰이던 얼룩이다. 브러시로 아무리 문질러도 저녁이 되면 얼룩이 다시 드러날 테지만 열심히 그 짓을 반복했다.

팔도 씻었다. 때가 탄 몸을 들키지 않기 위해 팔꿈치까지 정성 들여 씻었다. 머리에 물을 묻혀 반듯하게 가르마도 탔다. 셔츠도 최대한 깨끗한 것을 골랐다. 셔츠는 내가 갖고 있는 꼿꼿한 깃을 가진 단 하나의 셔츠로 아직 두 번밖에 입지 않았다. 넥타이도 되도록 매듭 쪽에 주름이 덜 간 것을 골랐다.

밖으로 나왔다. 젖은 머리가 마를 때까지 모자는 쓰지 않았다. 젖은 머리를 말리기 위해 안쪽에 마른 종이를 넣고 모자를 쓰는 것만큼 보기 흉한 것도 없기 때문이다.

지갑에는 내 신분을 증명할 수 있는 서류를 모조리 넣었다. 라카즈 씨의 명함은 아무것도 넣지 않은 주머니에 넣었다. 이렇게 하면 필요할 때 바로 꺼낼 수 있을 것이다.

8시였다. 이렇게 빨리 집에서 나오는 것도 오랜만이다. 아파트 계단은 아직 청소가 끝나지 않았고, 의사가 살고 있는 방의 손잡이에는 〈경마신문〉이 걸려 있었다. 교양 있는 사람들 중에 나쁜 인간은 없다. 그 의사 역시 좋은 사람이었다.

나는 9시에 샹젤리제 부근에서 산책을 하고 있었다. 집과 나무들이 뿌연 안개 속에서 어렴풋이 윤곽을 드러내고 있는 걸 지켜보고 있노라니, 마치 현상 중인 사진을 지켜보고 있는 듯한 기분이 들었다. 하지만 정오가 되면 분명 태양이 안개를 꿰뚫을 것 같은, 그런 날씨의 아침이었다.

경찰관에게 바이런가가 어디인지 물었다. 모자가 달린 망토를 걸친 경찰관이 팔을 쭉 뻗어 바이런가 쪽을 가리켰다. 길 안내를 받으며, 만약 가르쳐준 곳과 반대 방향이면 그 경찰관 녀석을 어떻게 해줄까 하는 생각을 했다.

바이런가 6번지에 호화 맨션이 서 있었다. 건물을 언뜻 보아도 돈을 많이 들여 지었다는 사실을 알 수 있었다. 1층 창문은 색유리로 되어 있고, 접이식 철제 셔터는 마치 병풍 같았다. 정문 위에는 두 개의 돌에 각각 사람 얼굴이 새겨져 있었는데 아마도 바이런이 지은 비극과 희극의 주인공 얼굴인 것 같았다.

정문에서 현관까지 폭넓은 통로가 이어져 있고, 그 양쪽에 좁은 도로가 있었다. 여기 사는 주민이 자동차로 외출할 때는, 통로를 걷고 있는 사람들은 재빨리 그 도로로 피해 줄 것이다.

훌륭한 옷차림의 문지기가 먼지 하나 없는 도로를 쓸고 있었다. 그가 나를 빤히 쳐다보았다. 난처했다. 미리한 번 와본 것뿐인데 여기서 얼굴을 마주치게 되면, 나중에 다시 찾아왔을 때 좀 전에 문 앞에서 어슬렁대던 인간이라는 걸 들켜버리고 만다.

조금 뒤로 물러나 맨션 전체를 살펴보기 위해 반대쪽으로 돌아갔다. 그때 느닷없이 라카즈 씨가 보고 있지 않을까 하는 불안이 엄습했다. 자신이 누군가에게 관찰되고 있는 걸 알게 되면 누구나 그렇게 하듯이, 일부러 멍한 표정을 지으며 빠른 걸음으로 그 자리를 떠났다.

잠시 걸어 나오자 인적이 없는 큰길이 펼쳐졌다. 아침에 공원에 갔을 때처럼 길에 물이 뿌려져 있었다. 이 부근에는 창가에 나와 수건을 터는 사람이 한 명도 없었다. 심지어 자동차 운전사들도 골목에서 큰길로 나올 때 모두들 조심해서 핸들을 돌렸다.

외출할 때는 하인들도 윗옷과 모자를 챙겼다. 여기저기에 검은빛이 도는 커다란 문이 보인다. 모두 같은 양식의 집들이었다. 길거리의 가로등은 내가 살고 있는 동네 것보다 훨씬 키가 컸다. 이제 곧 10시다. 나는 지금까지 왔던 길을 되돌아가기 시작했다. 뭔가 새로운 걸 발견할지도 모른다는 생각에 반대쪽 도로로 걸어갔다.

10시가 되기 조금 전에 바이런가 6번지에 다다랐다. 나는 언제나 약속 장소에 조금 일찍 나타난다. 그렇게 하면 마음의 준비를 할 수 있기 때문이다. 맨션 앞을 서너 번 왔다 갔다 하고 나서 문을 통과했다. 라카즈 씨의 명함은 주머니 안에 들어 있다. 나는 명함을 너무 많이 만지지 않도록 조심했다. 하얀 종이나 하얀 물건에 묻은 지문은 얼룩처럼 보이기 때문이다. 겨드랑이에서 식은 땀이 나 옆구리로 흘렀다.

건물의 출입문은 유리로 되어 있었다. 문 건너로 카펫이 깔린 계단이 보였다. 문지기는 정원 가운데에 서서 건물의 한 창문을 바라보고 있었다. 말을 걸자 뒤를 돌아보았다.

"라카즈 씨 댁은 몇 층입니까?"

라카즈 씨와 면식이 있다는 걸 보여 주기 위해 나는 명함을 문지기에게 보여 주었다. 뿌듯했다. 부유한 사업가는 분별없이 명함을 뿌리거나 하지 않을 것이다. 상대를 가려 가며 명함을 줄 게 틀림없다.

문지기는 명함을 받아 들었다. 문지기는 뻣뻣한 천으

로 만든, 테두리 없는 모자를 쓴 남자로, 앞치마 끈에는 깃털 빗자루를 매달고 있었다.

"당신입니까, 10시에 오시기로 한 손님이?"

"네."

"건너편 정원 안쪽에 하인들이 이용하는 계단이 있으니 그쪽 3층으로 가십시오."

문지기가 명함을 돌려주려 하지 않았기 때문에, 나는 돌려달라고 확실하게 말했다. 내겐 소중한 것이기 때문이다. 정원을 가로질러 걸어갈 때까지도 문지기가 뒤에서 보고 있는 걸 느꼈다. 내가 걷고 있는 걸 뒤에서 누군가가 훔쳐보고 있는 건 별로 유쾌하지 않다. 내 손과 뒤꿈치, 한쪽만 올라가 있는 어깨가 신경 쓰여 걸음걸이가 어색해지고 만다.

계단까지 와서 한숨 돌렸다. 각 층마다 전구가 하나씩 켜져 있었다. 환한 낮이었기 때문에 전구 안에 든 가느다란 선까지 죄다 보였다. 하인용 계단임에도 불구하고 전기 장치가 된 벨이 달려 있었다.

계단을 올라가며 문지기에 대해 생각해 보았다. 라카즈 씨가 나에 대해, 그에게 이것저것 지시했다고는 생각할 수 없었다. 그럼에도 문지기가 내게 하인용 계단을 이용하라고 한 것은 필시 나를 질투해서였을 것이다. 틀림없이 그럴 것이다.

문지기는 하인 특유의 눈썰미로 내가 가난뱅이인 걸 눈치챈 것이다. 그런 작자들은 독립심을 버린 인간이지만 자기가 섬기는 건 부자들뿐 그 이외의 인간들에게까지 굽실거릴 필요가 있는가 하는 생각을 마음속 깊이 가지고 있다.

그래서 낯선 사람과 만나면 그 사람이 부자인지 가난 한지, 지위가 높은 인간인지 자기와 같은 부류의 인간인 지 찰나의 순간에 판단해 버린다.

초인종을 누르자, 여자 하인이 문을 열어 주었다. 그 녀는 내가 방문할 걸 미리 알고 있는 듯했다. 내가 말을 걸기도 전에 "이쪽으로 들어오세요." 하고 맞아들였기 때문이다.

나는 하녀 뒤를 따라 안쪽에 있는 방으로 들어갔다. 부엌 옆을 지나가자 아침부터 음식 튀기는 냄새가 났다. 긴 복도가 계속됐다. 잠시 후, 정신을 차리고 보니 응접 실이었다.

"여기서 기다려 주십시오. 주인님을 모셔 오겠습니 다."

잠시 후 라카즈 씨의 목소리가 들렸다.

"이리 데리고 오게, 그 불쌍한 남자를!"

불쌍한 남자라니. 그 말에 화가 치밀었다. 누구라도 자신이 방문한 집의 주인이 자신을 어떻게 생각하고 있 는지 그 집 하인들에게 알려지는 걸 원치 않을 것이다. 게다가 틀림없이 내게 들릴 걸 알면서도 라카즈 씨는 그런 말을 한 것이다.

그래도 함부로 감정을 드러내는 건 피하기로 마음먹 었다. 어쩔 수 없는 일이다. 나는 부유한 사람들의 습관 을 모르니까. 어쩌면 지금 라카즈 씨는 뭔가 대단히 중요한 안건을 처리 중이라 손님의 자존심 따윈 신경 쓸 여유가 없을지도 모른다. 하녀가 돌아왔다. 그녀는 나를 서재로 안내하며 이렇게 중얼거렸다.

"무서워하지 말아요. 주인어른께서는 친절한 분이니까."

실제로 그때 내 얼굴은 상기돼 있었다. 손바닥에는 땀이 배어났고, 너무 흥분한 나머지 아무 생각도 할 수 없었다. 서재의 문은 활짝 열려 있고, 햇빛이 들어와 환했다. 마치 회오리바람의 중심으로 빨려 들어가는 나뭇조각처럼, 나는 문으로 걸어 들어갔다. 열심히 노력해 보려는 마음조차 생기지 않았고, 그저 마음속으로 이렇게만 중얼댔다.

'이제, 될 대로 되라지.'

나는 서재로 들어섰다. 등 뒤로 소리 없이 문이 닫혔다. 색색의 나무를 짜 맞춘 마룻바닥까지 내려온 커다란 창이 두 개 있고, 방 가운데에 들어서니 그 창문으로 밖의 광경이 전부 내려다보였다. 눈앞이 캄캄해졌다. 이렇게까지 되고 난 이상 내가 할 수 있는 일이라고는 그저 한 가지, 나 자신의 바보 같음을 과장되게 연출하는 것뿐이다.

오한이 날 때처럼 귓바퀴가 뜨거웠다. 침이 고일 틈도 없이 계속해서 호흡을 하고 있던 탓에 입안이 바싹 말랐다. 나는 있는 힘을 다해 눈을 부릅뜨고 속눈썹을 위로 한껏 치켜뜬 채 라카즈 씨를 쳐다봤다.

라카즈 씨는 어제와는 전혀 딴판이 되어 있었다. 모

자를 쓰지 않았고, 외투도 입지 않았다. 옷은 검정 일색이었다. 머리는 둘로 나눠 한가운데에 가르마가 하얗게 보였다. 때때로 양쪽 귀가 움찔움찔 위아래로 아주 빠르게 움직였다.

어제 역에서 만났을 때, 나는 이렇게까지 압도되지는 않았다. 보통 나는 유복한 사람들을 밖에서 말고는 만난 적이 없다. 그런데 지금 서재 책상을 손끝으로 어루만지고 있는 라카즈 씨를 눈앞에서 대면하고 있는 것이다. 단추 커버를 천으로 씌운 가운을 걸치고 풀 먹인 셔츠를 대수롭지 않게 입고 있는 그를 앞에 두고, 나는 열등감에 질식할 것만 같았다.

"앉게."

방에 들어서자, 라카즈 씨가 곧 그렇게 말했다. 하지만 나는 완전히 평정을 잃었기 때문에, 벌써 몇 시간 전부터 이 자리에 계속 서 있던 것만 같았다. 라카즈 씨는 마치 일분일초가 소중하다는 표정으로 금으로 된 손목시계를 쳐다봤다.

"이봐, 앉으라니까!"

무슨 말을 하는지는 이해할 수 있었지만, 주눅이 들어 몸이 움직이지 않았다. 그 방의 팔걸이의자는 맘 편히 앉기에는 너무나 높이가 낮았다. 우선, 의자에 앉으면 라카즈 씨와 대등한 자세가 되어 버린다.

그건 절대 안 될 말이다. 마음속으로, 만약 내가 계속 선 채로 있다면 라카즈 씨도 기분이 나쁘지는 않을 거라는 생각이 들었기 때문에 나는 계속 서 있기로 했다.

"괜찮으니 앉게. 불편해할 필요 없어."

그제야 나는 몇 발짝 걸어서 그가 가리킨 의자까지 갔다. 의자에 앉자, 몸이 생각보다 훨씬 더 깊이 파묻혔다. 무릎의 위치가 유난히 높아졌다. 둥그스름한 팔걸이 위에서 팔이 미끄러졌다.

너무 뻔뻔하게 보이면 안 되겠다는 생각에 등받이에 목을 기대지는 않도록 했는데, 그 탓인지 금세 목이 뻐근해 왔다. 침대에 똑바로 누워 머리만 들고 있는 것 같았다.

나는 정확히 책상 높이로 시선을 던졌다. 그러자 마치 측량사가 된 듯한 기분이었다. 라카즈 씨는 손가락으로 종이 자르는 칼의 손잡이와 칼날을 번갈아 가며 만지작거리고 있었다. 커프스가 달린 소매 속으로 팔꿈치가 보였다. 양다리를 책상 밑에서 꼬고 있었다. 구두 밑창은 거의 새것이고, 구두 앞쪽과 뒤꿈치 부분 이외에는 거의 닳지 않았다.

"자네를 부른 건 다름이 아니라, 난 가난한 사람들을 보면 신경이 쓰여 견딜 수가 없다네."

나는 자세를 바로잡았다. 의자에서는 용수철의 삐걱거리는 소리조차 들리지 않았다.

"그래, 가난한 사람! 정말로 가난한 사람들 말일세. 가난한 척을 하며 타인의 선의를 이용하려는 인간은 딱 질색이야."

라카즈 씨가 마치 무릎이 안 좋은 사람처럼 책상에 몸을 의지하고 일어섰다. 그러고는 뒷짐을 지고 플라멩

코 댄서처럼 손가락 두 개를 튕겨 소리를 내며 방 안을 돌아다녔다.

내 눈높이에 그의 배가 있었다. 눈을 어디에다 둬야 할지 몰라 큰맘 먹고 그의 얼굴을 올려다봤다.

"나는 가난한 사람들이 좋다네. 지금까지 나는, 내가 도울 일이 있을 때는 언제든 도우면서 살아왔어. 자네를 봤을 때도, 난 그냥 지나칠 수 없는 기분이었다네."

"그렇군요!"

램프 덮개 위에는 금칠을 한 세 마리의 말이 금칠을 한 우물가에서 물을 마시고 있었다.

"게다가 자네의 겸손한 태도가 마음에 들었지."

"네."

이야기를 들으며 기쁨에 설레고 있는데, 갑자기 문이 열리고 한 소녀가 나타났다. 그녀가 나를 보고 방 안으로 들어오기를 망설였다. 금발의 미소녀였다. 영국 그림 엽서에 자주 등장하는, 말의 콧등에 키스하고 있는 소녀 같았다.

"잔, 들어오너라."

나는 어색하게 일어섰다.

"그대로 있어도 돼. 일어서지 않아도 되니까."

라카즈 씨가 그렇게 말했을 때, 나는 모욕당한 기분이 들었다. 그가 앉은 채로 그냥 있으라고 말한 건 가족에게 나를 소개시킬 마음이 없다는 사실을 알려주기 위함이었다.

그가 책상에 앉아 뭔가를 쓰기 시작했다. 소녀가 가

127

끔씩 나를 훔쳐보다 나와 눈이 마주치면 곧바로 고개를 돌렸다. 그렇다. 그녀에게 있어 나는 별세계 사람일 것이다. 그래서 내가 어떤 생물인지 관찰하고 있는 것이다. 매춘부나 살인범을 봐도 분명 지금의 눈초리와 똑같을 것이다.

그녀는 라카즈 씨에게서 서류를 받자 방을 나갔다. 문 닫는 솜씨가 꽤나 능숙했다. 문을 닫으며, 마지막으로 다시 한번 나를 관찰했을 것이다.

"자네, 군대에 갔다 왔나?"

"네."

나는 부상당한 팔을 보여줬다.

"부상을 입었나? 물론 전쟁터에서 그랬겠지."

"네."

"그래서 상이군인 연금을 받고 있나?"

"네. 3개월에 한 번 300프랑씩 받고 있습니다."

"그럼, 영구장애인 셈인가?"

"네, 말씀 그대로입니다."

"자네, 일은 하고 있나?"

"하지 않습니다."

이렇게 대답하고, 나는 덧붙였다.

"하지만 일자리를 찾고 있습니다."

"자네, 꽤 재미있는 사람이군. 내게 맡기게. 그건 그렇고, 우선 이걸 받아두게나."

라카즈 씨가 지갑을 꺼냈다. 나는 몸을 떨었다. 머리 가죽이 뒤틀리는 듯했다. 도대체 얼마를 받게 될 것인

가. 설마 1천 프랑은 아니겠지?

리카즈 씨가 책의 페이지를 넘기듯 한쪽 모서리를 핀으로 고정시켜 놓은 지폐를 셌다. 나는 그의 손끝을 뚫어지게 바라보았다. 이윽고 핀을 빼고 100프랑짜리 지폐를 한 장 꺼내 모서리를 손가락으로 비벼 한 장뿐이란 걸 확인하고 난 후에, 나에게 내밀었다.

나는 지폐를 받았다. 손에 든 채로 있기도 거북했지만, 그 즉시 주머니에 넣는 것도 망설여졌다.

"얼른 넣게. 잃어버리지 말고. 양복을 한 벌 사게. 지금 입고 있는 옷은 너무 커."

"네, 그렇게 하겠습니다."

"옷차림을 단정히 하고 다시 찾아오게."

나는 라카즈 씨의 말을 들으며 쉽게 돈을 받아 든 걸 후회했다. 어제 역에서의 나의 태도와는 너무나 달라졌기 때문이다.

"자, 다음 만날 날짜는……."

말끝을 흐리며 라카즈 씨가 수첩을 펼쳤다.

"내일모레, 오늘과 똑같은 시간에 오게. 시간을 비워 둘 테니."

그가 수첩에 뭔가 적으려다 말고, 나에게 고개를 돌렸다.

"깜빡했군, 자네 이름은?"

"바통입니다, 빅토르 바통."

그가 내 이름과 주소를 메모하고 벨을 눌렀다. 나는 하인 여자와 함께 방을 나왔다.

"친절하시죠?"

하인 여자가 내게 물었다.

"네."

"또 오시라고 하셨나요?"

"네."

"그럼 당신이 마음에 든 거예요."

3

거리는 한산했다. 태양은 구름 속에 숨어 있었지만, 피부로 느낄 수는 있었다. 태양이 얼굴을 내밀면 도로는 금세 가로수 그늘로 덮일 것이다. 지금은 시원한 바람이 좋다.

나는 빠르게 걸었다. 빨리 완전한 혼자가 되어 라카즈 씨와의 대화를 천천히 되새겨 보고 싶었다.

나는 라카즈 씨에게 강렬한 인상을 받았다. 부자여서만이 아니라 선의를 지닌 사람이었기 때문이다. 어젯밤 침대에서 상상했던 대로 일이 진행되지는 않았다. 하지만 언제나 있는 일이다. 망상을 하지 않도록 늘 나 자신을 설득하지만, 나의 상상력은 전혀 말을 듣지 않는다.

라카즈 씨의 태도에는 나를 깔보는 경향도 있었다. 그렇지만 그가 나를 잘 모르니까 어쩔 수 없었을 것이다. 나 역시 나도 모르는 사이에 그의 기분을 상하게 했을지도 모른다.

11시였다. 집으로 돌아가도 딱히 할 일이 없었다. 나는 지금 돈을 갖고 있다. 어째서 몽마르트르에 가서 마음껏 먹고 마시면서, 다만 몇 시간만이라도 외로움과 슬픔, 가난을 잊으려 하지 않는 걸까?

외곽의 대로로 나갔을 때는 벌써 정오였다. 배 속을 좀더 비우기 위해 계속해서 걸었다. 대로변에는 잎사귀가 떨어지고 껍질마저 벗겨진 나무가 50미터 간격으로 늘어서 있었다. 모든 나무가 버팀목에 끈으로 묶여 있다. 나무와 나무 사이의 중간 지점에는 갈색 벤치가 놓여 있다. 등을 곧게 펴고 앉을 수 있는 벤치였다.

군대용 식량을 싸게 파는 빌그랭 포장마차는 무척 조용했다. 공중화장실 벽에는 전쟁 전의 포스터가 그대로 붙어 있었다. 근방에서는 외국인들이 지도를 펼쳐 보거나 안내서를 보고 있었다.

나는 레스토랑을 발견할 때마다 멈춰 서서, 창문에 붙어 있는 메뉴를 읽었다. 그러다 마침내 가게의 절반이 관엽수 화분으로 가려진 레스토랑으로 들어갔다.

커다란 테이블보가 테이블 다리까지 가리고 있었다. 손님이 꽤 있었다. 거울과 거울이 맞은편 벽에 마주 걸려 반대편 거울이 콩알만 해질 때까지 비치고 있었다. 옷걸이에는 모자가 몇 개 걸려 있었다. 카운터에 앉아 있는 주인 여자는 균형이 맞지 않을 정도로 높은 의자에 앉아 있었다.

나는 자리에 앉았다. 테이블 위에는 양념통과 컵과 컵 사이에 끼워 둔 메뉴, 물잔, 그리고 빵을 넣는 바구니가 놓여 있었다. 맞은편 테이블에서는 신사풍의 한 남자가 혼자 식사를 하고 있었고, 좀더 떨어진 자리에서는 여자가 머리핀으로 이를 쑤시고 있었다.

"로즈, 계산해 줘!"

손님 목소리가 들렸다. 기묘한 목소리였다. 아마 낯선 사람의 목소리라 그렇게 들렸을 것이다. 나는 주인 여자를 우두커니 바라보았다. 젖가슴의 위치가 너무 아래쪽에 있고, 가슴의 솜털이 블라우스 깃 부분에서 금색으로 빛나고 있었다. 손님이 사용한 그릇을 주방으로 가져가는 그녀의 뒷모습은 탄력이 없어 보였다.

등 뒤에서 봤기 때문인지 그녀의 목덜미가 친근하게 느껴졌다. 잠시 후 그녀가 나에게 주문을 받으러 왔다. 와인 한 병과 머리를 자른 정어리, 쇠고기 한 조각, 햄과 양송이 크레이프, 그리고 감자 요리를 주문했다.

새로운 손님이 들어와 내 옆에 앉았기 때문에 팔꿈치를 옆구리에 붙이고 식사를 해야만 했다. 불쾌했다. 그 손님은 광천수 한 병을 주문하고는 라벨에 자신의 이름을 적었다. 한 번에 다 마실 생각이 없는 모양이었다.

거지가 가게에 들어왔다. 주인 여자는 거지가 구걸할 시간도 주지 않고 냅킨을 흔들어 쫓아냈다. 어쩌면 저 여자는, 어렸을 때는 분명 농가에서 손을 흔들며 거위들을 쫓아다녔을 것이다.

나는 빵조각으로 그릇을 닦았다. 그릇은 기름기로 반짝반짝 빛이 났다. 조금 전에 들었던 목소리가 또다시 크게 들렸다.

"로즈, 계산해 줘."

주인 여자가 메뉴판 뒤에 숫자를 적었다. 지폐로 지

불하자, 그녀가 그 돈을 입에 물고는 잔돈을 거슬러 줬다.

조금씩 와인의 취기가 올라오자, 나는 벌거벗은 남자처럼 어색한 걸음으로 가게를 나왔다. 하이라이프를 샀다. 대단한 이름의 담배였지만, 가격은 고작 1프랑이었다.

그다음, 나는 바에 들렀다. 커피 끓이는 주전자가 칙칙 소리를 내며 아주 조금씩 수증기를 뿜어 올리고 있었다. 하얀 앞치마를 두른 웨이터가 원탁에 생긴 컵 자국을 행주로 닦고 있었다. 여기저기서 두꺼운 커피잔에 스푼이 부딪치는 소리가 들렸다. 흡사 가짜 돈이 짤랑대는 소리 같았다.

나는 나의 옆얼굴을 보는 게 좋아 거울에 비친 옆얼굴을 또 다른 거울을 통해 볼 수 있는 자리에 앉았다.

다른 테이블에는 네 명의 여자가 담배를 피우고 있었다. 네 명 모두 염료로 염색한 블라우스를 입고 있었다. 그중 한 명은 모피 코트를 입고 있었다. 수달 모피인지 확인하기 위해 털의 결을 입으로 훅 하고 불어보고 싶어지는, 그런 코트였다.

모피 코트를 입은 여자가 일어섰다. 울퉁불퉁한 두 개의 손가락에 담배를 끼고, 코트 깃을 열어 놓은 채로 나에게 다가왔다. 하이힐이 너무 높아 발끝으로 걷고 있는 것처럼 보였다. 그녀가 내 옆에 와서 앉았다.

그녀의 입은 펜으로 그린 듯 윤곽이 너무나 뚜렷했다. 좋은 분가루 냄새가 났지만, 코언저리의 화장이 곱

게 먹지 않았다. 담배 필터의 금박이 아주 조금 입술에 묻어 있었다.

그 여자는 마치 남자처럼 거칠게 다리를 꼬았다. 하얀 양말을 신은 복사뼈 언저리가 거무스름한 빛을 띠고 있는 게 보였다.

"자, 도련님! 나에게 무얼 대접해 줄 건가요?"

한 번쯤 슬픔을 잊고 마음껏 즐긴다고 해서 천벌을 받지는 않을 것이다.

"원하는 걸로."

웨이터가 주문을 받으러 왔다. 그녀의 태도를 이상히 여기지 않는 눈치였다.

"어이, 에르네스트. 나는 베네딕트친으로."

"손님은 무얼 드릴까요?"

"아니, 난 됐어. 커피를 마셨으니까."

그렇게 말하고, 나는 커피잔을 들어 보였다.

"뭐야, 나랑 같이 마셔요. 착하지?"

"그럼…… 나도 베네딕트친으로 하지."

여자는 리큐어를 비우고 난 후 벌떡 일어나 앞자리로 모자를 가지러 가면서 "기다려요"라고 말했다.

나는 6시까지 기다렸다. 하지만 그녀는 끝내 돌아오지 않았다. 바보 취급을 당한 거다. 나는 웨이터를 불러 계산을 마쳤다. 심한 두통으로 움직일 수가 없었다고, 묻지도 않은 변명을 하며 가게를 나왔다. 하지만 정말로 그 자리를 떠날 결심을 하게 된 것은, 가게 주변을 30분 정도나 헤매고 난 뒤였다.

벌써 밤이 되었다. 날씨가 잔뜩 흐려져 있었다. 거리
는 어째서인지 돌을 부수는 냄새로 가득해서, 마치 도로
공사 현장에 와 있는 듯한 기분이었다. 사람들이 식탁
앞에 모여 앉을 시간에, 나 혼자 테이블을 떠나는 비애
가 가슴을 파고들었다.

4

그날 밤, 빵집 앞에 벽보가 붙어 있었다.

'양복 팝니다. 바지, 윗옷, 조끼, 세 가지. 주인 사망으
로 판매. 자세한 내용은 가게로 문의 바랍니다.'

벌써 구매자가 나타나 벽보를 떼어 냈으면 어쩌나 하
는 걱정에, 다음 날은 평상시보다 빨리 일어났다.

빵집에 들어서니, 가게 주인이 보였다. 주인의 등 뒤
에 거울이 있어 그의 전신이 다 보였다. 다른 손님이 없
을 때의 상인 특유의 어조로 "뭘 드릴까요?" 하고 물었
다.

"양복에 대해 여쭤보고 싶은데요."

"아, 그래요."

그가 누군가를 불렀다. 안에 있는 사람은 여자로, 그
녀는 특제 빵을 진열대에 수직으로 세우려고 애를 쓰고
있었다. 통통하게 살이 쪄 벨트가 몸 한 바퀴를 꽉 조이
고 있었다. 그녀가 곧 이쪽으로 다가왔다. 무릎에 밀가
루가 하얗게 묻어 있었다.

"이 손님, 양복 때문에 오셨대."

주인이 이렇게 말하고, 그녀가 나를 상대하려는 순간

손님이 들어왔다. 그녀는 손님 상대에 바쁜 나머지 나를 짐짓 못 본 척했다. 그 사이에 주인은 대리석 금전등록기의 서랍을 아주 조금만 열고 위에 아무렇게나 놓여 있던 동전을 쓸어 넣었다.

서랍 안의 작은 칸막이로 나누어져 있는 공간엔 지폐가 어지럽게 쑤셔 넣어져 있었다. 가게 문을 닫고 나서, 구겨진 지폐를 펴 가며 한 장 두 장 세어 보는 것이 얼마나 즐거울까. 내가 물었다.

"양복을 파는 사람은 누구입니까?"

"주노 씨라고, 과부예요."

'과부'라는 말에 나는 강렬한 희열을 느꼈다. 나는 남자보다 여자를 만나는 게 좋다.

"주소는 23번지예요."

"감사합니다."

가게를 나서려고 하는데, 젊은 아가씨가 가게 한쪽에 쭈그리고 앉아 흑백의 바둑판무늬 바닥을 한 손으로 정성껏 닦고 있었다. 방해가 되지 않도록 그녀를 피해 지나갔다.

23번지에 가보니, 부르주아풍의 베란다가 딸린 아파트가 서 있었다. 나는 지갑에 손을 댔다. 쇼핑을 할 때, 나는 이런 주의를 게을리하지 않는다. 때로는 아무것도 사지 않을 때도 있지만 이 의식만은 절대 거르지 않는다.

지붕이 달린 입구에는 습기를 머금은 두꺼운 신발 닦이용 매트가 깔려 있고, 그 안쪽의 어두운 곳에 유리문이 있었다. 겉보기와는 달리 반대 방향으로 열리는 문이었다.

"관리인 계세요?"

계단 쪽에서 큰 소리가 들렸다.

"여기요, 나갑니다!"

"주노 부인의 방은 어디입니까?"

나는 정중하게 물었다. 관리인은 대답을 하지 않았다. 지금 이 순간 나에게 관리인은 없어서는 안 될 중요한 존재지만, 주노 부인이 몇 층에 살고 있는지 알아내고 나면 그걸로 더 이상 볼일은 없다.

"주노 부인 방이 어딥니까?"

다시 한번 물었다.

"무슨 용건이십니까?"

"양복 때문에 왔습니다."

"3층 왼쪽에 있는 방입니다."

계단 벽은 가짜 대리석이고, 오래된 나무계단은 밀랍칠이 되어 있었다. 2층까지 오자 '중간 2층'이라는 글자가 보이고, 3층에는 '2층'이라고 적혀 있었다. 두 개 층을 올라왔으니 여기가 맞을 거로 생각하고, 나는 멈춰 섰다.

왼쪽에 있는 방의 문에는 천으로 된 긴 끈이 자물쇠 근처까지 드리워져 있었다. 나는 금방이라도 끊어질 것 같은 그 끈을 살짝 당겼다. 그러자 초인종이 울렸다. 문 바로 뒤에서가 아니라 방의 저 안쪽에서 울렸다. 그리고 문이 닫히는 소리가 들렸다. 모자도 넥타이도 하지 않은 한 남자가 나타났다. 너무 느닷없이 찾아온 건 아닐까 하는 생각이 들었다. 내가 초인종을 누르기 전까지 이 남자는 대체 무엇을 하고 있었을까?

"양복 때문에 왔습니다."

"무슨 양복?"

"빵집에 벽보를 붙이지 않으셨나요?"

"위층이오. 관리인이 그렇게 말해주지 않던가요?"

남자가 검지로 천장을 가리켰다.

"관리인이 3층이라고 하던데……."

"여기는 2층이오. 표지를 잘 봐요."

나는 남자에게 사과를 하고 위층으로 올라갔다. 이번에는 틀림없었다. 주노 부인의 명함이 문에 붙어 있었다. 명함의 주소가 잉크 선으로 지워져 있었다.

초인종을 누르자, 작은 체구의 여자가 문을 열었다. 머리 손질이 잘된 못생긴 여자였다. 마른 손가락 마디에 결혼반지를 끼고 있었다. 그렇다고는 해도 이상하다. 추녀의 손에 끼워진 결혼반지가 눈에 들어오다니.

"양복 때문에 왔습니다."

"아, 어서 오세요. 자, 이쪽으로. 이리로 들어오시죠."

여자가 환대를 해주어 나는 기뻤다. 이렇게까지 나를 신뢰해 주는 사람은 좀처럼 찾기 힘들다.

나는 오랫동안 공들여 신발 닦는 매트에 구두에 묻은 흙을 닦았다. 남의 집에 들어갈 때에는 늘 이렇게 한다. 단 처음 방문한 집에 한해서만. 모자를 벗어들고, 나는 주노 부인의 뒤를 따라 방으로 들어갔다.

그녀는 나를 거실로 안내했다. 나는 도둑맞을 법한 세간에서 멀찍이 떨어지려고 일부러 방 안의 중앙에 섰다.

"앉으세요."

"네. 실례합니다."

"양복을 보러 오셨다고 했죠."

"네."

"아! 당신은 아실지 모르겠네요. 가련한 남편의 유품을 파는 일이 얼마나 괴로운지. 그 사람은 젊어서 저세상으로 갔답니다. 내가 그이 옷을 팔아 살아가는 걸, 만약 그 사람이 안다면……."

속마음을 터놓는 이야기가 시작되면 나는 즐거워진다. 타인의 험담을 할 때와 마찬가지로 어느 쪽이건 대화가 활기차진다.

"쭉 혼자 살며, 자기 몸의 일부처럼 익숙해진 것들을 팔아 치운다는 건 정말 괴로운 일이에요. 이처럼 슬픈 일이 또 있을까요."

"잘 압니다. 추억이 담긴 물건은 소중하니까요."

"네, 특히 많은 추억을 생각나게 하는 물건은 더 그렇죠. 아! 팔지 않아도 된다면 당연히 이 양복은 가지고 있고 싶어요. 남편에게 정말 잘 어울렸죠. 남편은 딱 당신 정도의 체격이었어요. 어쩌면 좀더 다부진 체격이었을지도 모르겠군요. 어엿한 한 사람의 성인 남자였죠. 회사에서는 과장이었습니다. 문 앞에서 명함 보셨죠?"

"거기까진 생각이 미치질 못했군요."

"주소는 지웠어요. 그 명함을 만들었을 때는, 우리가 여기 살기 전이었으니까요. 그래요, 그 양복에는 너무나 많은 추억이 어려 있어요. 남편과 함께 레오뮈르에 가서 산 옷으로, 아직도 영수증을 보관하고 있어요. 나중에 보여 드릴게요. 봄날 오후의 일이었답니다. 사람들이 나뭇가지에서 새싹을 찾는 봄날, 구름 한 점 없는 맑은 하늘에는 햇살이 빛났고…… . 그로부터 겨우 한 달 후에 남편은 세상을 떠났습니다. 그이는 저 양복을 딱 두 번밖에 입지 못했죠. 두 번, 일요일에…… ."

"겨우 두 번입니까?"

"네, 1916년에 160프랑을 주고 산 양복입니다. 그때는 지금보다 돈의 가치가 있었죠. 뭐니 뭐니 해도 세 가지 세트니까요. 바지와 윗옷, 그리고 조끼 이렇게요. 가져가세요, 지금 가져올 테니."

잠시 후, 주노 부인이 천에 싼 양복을 안고 왔다. 그녀가 양복을 식탁 위에 놓고 핀을 풀어 윗옷을 꺼냈다. 그러고는 손가락 끝으로 집어 올려 앞과 뒤를 내게 보여 주었다.

나는 양복을 만져 봤다. 실제로 새것과 마찬가지였다. 겨드랑이 밑에도 얼룩이 지지 않았다. 단춧구멍과 주머니도 빳빳했다.

"큰 결심을 했답니다. 이 유품을 팔아버리는 걸 천국에 있는 남편이 보고 있는 건 아닐까 싶어 불안한 마음에…… . 하지만 말이에요. 나는 유복하지 않아요. 살아야하니까요. 남편도 분명 용서해 줄 거예요. 자, 보세요. 우리 사진이에요."

그녀가 길이가 1미터쯤 되어 보이는 커다란 사진을 가리켰다. 거기에는 한 쌍의 부부가 있었다.

"이 사진, 한 번 확대한 걸 다시 확대한 거랍니다. 그의 모습이 커지면 커질수록 아직도 살아 있는 기분이 들어서요."

나는 사진을 응시했다. 사진 속의 여자와 주노 부인이 동일 인물이라고 믿기 어려웠다.

"1915년에 찍은 사진이에요. 그다음 날 고향으로 내려갔죠."

그렇게 말하며 그녀가 나를 빤히 쳐다봤다. 머리끝에서 발끝까지.

"저 사람, 당신과 똑같은 체격이었어요. 좀더 다부졌지만."

그녀의 죽은 남편이 나보다 살집이 좋았다면 이 양복은 내게 맞지 않는다고 생각했지만, 입 밖으로 그 말을 꺼내지는 않았다.

"1914년에 약혼을 했어요. 아! 센강 부근에서 보낸 그날 밤은 결코 잊을 수가 없어요. 그해 파리는 심하게 더웠어요. 전쟁 탓에 안 좋은 일도 많았지요."

"하지만 부군께서 전쟁에 나가지는 않으셨죠?"

"어쩔 수 없었어요. 그이는 몸이 쇠약했거든요. 전쟁에 나가지 않아 죽음을 면한 셈이었는데, 병으로 쓰러지다니……."

"인생이란 다 그런 겁니다."

"그래요, 세상이란 그렇지요."

"그런데 부군께선 어떻게 돌아가셨습니까?"

만약 전염병이었다면 하는 불안에 물었다.

"정맥염이었어요."

부인이 회상에 잠긴 틈을 이용해, 양복을 얼마에 팔 건지 물었다.

"절대 비싸지 않아요, 겨우 75프랑이에요. 여기 라인을 잘 보세요."

그녀는 손으로 공중에다 반원을 그렸다. 아마도 양복을 입었을 때의 허리선을 말하는 것 같았다.

"게다가 이 옷감을 만져 보세요. 전쟁 전의 영국산 모직입니다. 아시겠죠. 지금은 어느 가게에 가도 이런 옷감을 찾아볼 수 없어요."

나는 관리실 앞에서 발걸음을 재촉했다. 옆구리에 끼고 있는 보따리가 양복인 걸 관리인은 알고 있다. 그게 싫었다. 하지만 누군가가 나를 불러 세웠다. 돌아보니 관리인이 계단 옆에 서 있었다. 나를 기다리고 있었던 것이다.

"2층 주민한테서 항의가 들어왔어요. 내가 분명히 말했죠? 주노 부인의 방은 3층이라고! 조심하세요, 내 탓이 되어버리니까."

일을 복잡하게 만들고 싶지 않아 나는 말대꾸를 하지 않고 밖으로 나와, 곧장 집으로 가서 그 양복을 입어 봤다. 오늘은 뤼시네 가게에는 가지 않을 것이다. 놀림을 받을 게 뻔하다.

칠판에 분필로 점심 메뉴를 적어 놓은 작은 레스토랑에서 점심 식사를 마쳤다. 그리고 심심풀이로 거리를 거닐었다.

윗옷의 겨드랑이 아래가 조금 답답했다. 소매는 길어서 손등까지 내려왔고, 바지도 넓적다리가 너무 꽉 끼었다. 그래도 이 양복의 검은색은 내게 잘 어울렸다. 나는 쇼윈도 앞을 지나칠 때마다 코트 앞깃을 열어 넌지시 내 모습을 유리에 비춰 보았다. 진짜 거울보다 쇼윈도 유리에 비친 모습이 멋있어 보인다는 걸 알았다.

점심 먹은 게 거의 소화가 되었을 무렵, 공중목욕탕에 들어갔다. 남녀가 구별되어 있다는 건 알고 있었다. 몰랐다면 도저히 들어갈 마음이 생기지 않았을 것이다. 카운터에 있는 여자가 번호표를 주었다. 나 말고 다른 손님이 없는데도.

곧바로 안내원에게 호출되어 욕실로 들어갔다. 문에 자물쇠가 달려 있지 않았다. 사소한 일인데도 입욕 내내 신경이 쓰여 견딜 수가 없었다. 발소리가 들리면 가슴이 두근거렸다.

발끝이 차가워져 있던 탓에 뜨거운 물이 기분 좋게 느껴졌다. 물에 가라앉지 않을 정도로 작아진 비누로 몸을 씻었다. 눈에 거품이 들어가지 않도록 조심했다. 그리고 욕탕에 몸을 담갔다.

물이 미지근해지는 것이 싫어 출렁거리는 소리와 함께 욕조 밖으로 나와, 수건으로 얼굴부터 차례로 몸을

닦았다. 기분이 너무 상쾌했다. 목욕탕을 나서며 돈이
생기면 꼭 다시 올 것을 다짐했다.

5

나는 정각 10시에 라카즈 씨 댁에 도착했다. 물론 새
로 산 양복을 입고 왔다. 올봄, 코트를 입지 않고 외출한
건 오늘이 처음이었다. 지난번보다 침착한 마음으로 라
카즈 씨의 서재로 들어갔다. 라카즈 씨는 딸과 이야기를
나누다가, 나를 보고 좀 놀라는 기색이었다.

"어이 자네. 거기 앉아서 잠깐 기다리게."

라카즈 씨는 그저께 만났을 때 나를 존칭으로 불러줬
던 것을 잊어버렸다. 그가 하녀에게 말했다.

"항상 말하지만, 나한테 미리 알리지 않고 이 방으로
손님을 들여서는 안 돼."

"아버지, 오늘은 안 되겠군요."

"그래. 안 되겠구나."

"그럼 내일?"

"내일은 네가 파리 음악원에 가는 날이잖니."

"괜찮아요. 수업이 4시면 끝나니까요."

"아니다. 그래도 내일은 무리야. 토요일로 하자."

"알았어요."

그녀는 아버지에게 키스를 하고 방을 나갔다. 지난번
과 마찬가지로 문을 닫으며 나를 힐끔 쳐다보았다. 멀리
서 나를 흘끗 바라보는 그 시선에 가슴이 두근거렸다.

"그래, 자네. 양복은 샀나?"

"네."

"좋아. 자세히 볼 수 있도록 일어서 보게."

그의 분부대로 공손히 일어섰다. 코트를 입지 않은 것이 마음에 걸렸다.

"뒤로 돌아보게."

처져 있는 쪽 어깨를 위로 끌어올리며 나는 뒤로 돌았다.

"정말 잘 어울리는군. 마치 자네 몸에 맞춘 것 같군. 얼마였나?"

"100프랑입니다."

"100프랑이면 비싸지 않군. 그 정도라면 이제 자네를 내 공장에 보낼 수 있겠어. 그런 차림이라면 사람들 앞에 나서도 부끄럽지 않겠네. 자네를 공장 주임에게 추천해 주겠네."

라카즈 씨는 연필꽂이에서 만년필을 꺼내 가볍게 흔들더니, 명함에 뭔가를 적었다. 내가 어깨너머로 훔쳐보지 않을까 하고 그가 신경을 쓰지 않도록, 나는 과장된 몸짓으로 물러섰다.

"자, 받게!"

라카즈 씨가 명함을 비스듬히 기울여 잉크가 말랐는지 확인하고는 큰 목소리로 말했다. 나는 명함을 받아들었지만 그 자리에서 바로 읽지 않고 지갑 속에 넣고는, 의자에 다소곳이 앉아 라카즈 씨의 질문을 기다렸다.

오늘은 지난번처럼 동요하지 않으니 질문에 제대로

대답할 수 있겠지. 그렇게 하면 나에게 좀더 관심을 가져줄 게 틀림없다.

"바, 바…… 바통. 오늘은 이게 전부야. 내일 아침 7시에 우리 공장으로 가게. 비양쿠르의 빅투아르 거리 97번지부터 125번지에 있는 공장이라네. 주임인 카르포를 찾아가는 거야. 자네도 일자리를 얻을 수 있을 거라네. 휴일이라도 생기면 나를 만나러 오게. 그럼 열심히 해봐!"

나는 모처럼의 만남이 너무 쉽게 끝난 데 실망하며 일어섰다.

"그럼 이만 실례하겠습니다. 진심으로 감사드립니다."

"그래, 그럼. 조만간 또 보세."

나는 모자를 가슴에 대고 몇 번이나 머리를 조아리며 뒷걸음질로 방을 나왔다.

6

새벽녘에, 나는 가까운 전차 역으로 향했다. 강한 바람이 불고 있었다. 집을 나설 때는, 문을 닫기도 전에 저절로 쾅 하고 닫혔다. 그 바람에 차양에서 엄청나게 큰 물방울이 떨어져 내 손을 적셨다.

비는 도로에서 작은 강이 되어 차도로 흐르고 있었다. 도로를 가로지를 때마다 흥건한 물에 신발이 젖었다. 주택들의 벽에 붙은 물받이 홈에서는 물이 든 양동이를 뒤엎었을 때처럼 많은 양의 빗물이 흘러나왔다. 양복 소매가 푹 젖어 손목까지 젖었다. 세수를 한 후 손의 물기를 닦지 않은 채 밖으로 나온 듯한 모습이었다.

전차가 왔다. 승객은 한 명도 없었다. 세차는 지난밤에 끝마친 모양이다. 차내에 켜져 있는 전구는 자기 전에 끄는 걸 잊은 실내등처럼 아련함을 자아내고 있었다.

나는 구석 자리에 앉았다. 좌석 아래 틈새의 바람 때문에 손이 시릴 만큼 추웠다. 차내의 중앙에 자리를 차지하고 있는 차장은 하품을 계속하고 있었다.

라 모트 피케 역에 도착하자 차장이 역 이름을 외쳤다. 승객이 전혀 없을 때도 차장이 이처럼 소리 높여 외치는 모습이 신기했다.

전차가 또다시 움직이기 시작했다. 커브 길을 돌 때는 문이 제멋대로 열렸다. 가끔씩 차내의 전등이 꺼지기도 했다. 비에 젖은 유리창을 통해 밖을 내다보니, 거리 풍경이 일그러져 보였다. 한여름에 피어오르는 열기로 거리가 일그러져 보일 때와 마찬가지였다.

전차가 그르넬 역에 당도했을 때, 몇 명의 노동자가 올라탔다. 나는 집 안에 있는 침대를 떠올렸다. 밤새 발을 대고 있던 부근엔 아직 온기가 남아 있을 것이다. 방 안의 닫힌 창문이 머릿속에 그려지고, 매일 아침 잠자리에서 속눈썹 끝으로 느끼는 새벽녘의 태양이 그리웠다.

지금쯤 옆집 르쿠안 씨는 열어 놓은 문 틈새로 들어오는 약간의 빛에 의지해 세수를 하고 있을 것이다.

미라보 다리 역에 도착했을 때, 두 명의 사내가 맞은 편 자리에 와서 앉았다. 다른 데도 빈자리가 많은데 왜 하필 내 앞인지 화가 났다. 자리에 앉자마자 그들은 기세 좋게 떠들어댔다.

베르사유 거리 역에서 노동자가 한 명 더 탔다. 막 찍어내 아직 접지도 않은 신문을 손에 들고 있었다. 분명 놀랄 만큼 신선한 기사가 실려 있을 것이다.

날이 밝아 있었다. 갑자기 전차의 헤드라이트가 꺼졌다. 주위 모든 것의 색이 바뀌었다. 회색빛 창문 밖으로 비가 줄기차게 내리고 있었다. 나는 혼자 외로웠다. 다른 승객들은 모두 자신의 행선지를 알고 있다. 행선지를 확실히 모르는 건 나 혼자였다. 차장이 또 외쳤다.

"포앵 두 주르!"

나는 전차에서 내렸다. 차량 지붕에서 빗물 한줄기가 등을 타고 흘러내렸다. 전차 진동에 허벅지가 계속 흔들린 탓에 걸음을 내딛자 다리에 힘이 탁 풀려 버렸다. 계속해서 같은 표정을 짓고 있었기 때문에 안면 근육이 뻣뻣하게 굳어 있었고, 왼쪽 다리는 차가워져 있었다.

전차가 출발했다. 익숙해지기 시작했던 승객들의 얼굴이 멀어져 갔다. 내가 앉았던 자리도 함께. 야근을 마치고 돌아오는 두 명의 세관원이 대기실에서 집에 갈 채비를 하고 있었다.

라카즈 씨가 말한 비양쿠르까지 가려면 파리를 벗어나야만 한다. 나는 대로를 계속해서 걸었다. 보도가 끝난 길 양쪽에 집들이 늘어서 있었다.

비는 그칠 줄 몰랐다. 나는 보폭을 크게 해서 걸었다. 한 걸음 내디딜 때마다 진흙이 묻은 구두가 철벅 철벅 소리를 냈다. 길가의 벽 뒤에 있는 나무에서 와삭와삭

나뭇잎 움직이는 소리가 났다. 마치 덤불 속에 누군가 숨어 있는 듯했다. 바람에 나뭇잎이 흔들렸고, 물웅덩이에는 빗물이 떨어져 거품이 일었다.

라카즈 씨의 공장은 담으로 둘러싸여 있었다. 고개를 들어보니 높이가 다른 연통 몇 개가 솟아 있었다.

"카르포 씨를 만나러 왔습니다."

나는 수위에게 말했다.

"카르포 씨라면 앙리 카르포 씨 말입니까?"

"네."

무슨 생각으로 그러는지 모르지만 수위는 수위실 문을 필요 이상으로 정성 들여 잠갔다. 그러고는 자신이 침입자가 되어 문을 열어 봐도 꼼짝도 하지 않는 걸 재차 확인한 뒤 "안내하겠습니다"라고 말하고는 서둘러 걷기 시작했다.

안내를 해주는 건 결코 나에 대한 호의가 있어서가 아니라 그저 그게 자기 일이기 때문이라는 사실을 나에게 이해시키고 싶어 했다. 기계 진동으로 흔들리는 건물 앞까지 와서 그는 걸음을 멈췄다.

나 따위에는 관심도 없이, 그는 직원과 잡담을 나누기 시작했다. 잠시 후, 다른 볼일로 온 김에 덧붙이는 듯한 말투로 "여기 앙리 씨를 만나러 온 분"이라고 말하는 소리가 들렸다.

나는 칠을 하지 않은 나무로 만든 방으로 안내받았다. 한쪽 벽면 가득 타이어 광고 전단지가 붙어 있었다.

잠시 후 카르포 씨가 나타났다. 상상했던 것과는 달

리 젊은 남자였다. 적갈색 테의 안경을 쓰고, 여자처럼 듬성듬성한 콧수염을 기른 남자였다. 물론 여자가 콧수염을 기른다고 가정했을 때의 이야기지만. 나는 라카즈 씨의 명함을 내밀었다.

'카르포 군. 자네에게 한 청년을 보내네. 일거리를 주게.'

"아, 당신. 라카즈 씨 소개로 왔군요."

"네."

"잠시만 기다려 주세요."

그는 방을 나갔다가 몇 분 후에 돌아왔다.

"다 잘됐습니다. 월요일부터 일하러 오세요."

"네, 감사합니다."

"그럼 월요일 아침 7시에."

"정말 고맙습니다, 고맙습니다……. 그런데 저는 왼손을 쓸 수가 없습니다. 부상을 당했습니다."

"사무직이라 왼손은 사용하지 않아도 될 겁니다."

"네, 알고 있습니다. 그래도 미리 양해를 구해야 한다고 생각했습니다."

"알겠습니다. 그럼 월요일에 뵙죠."

7

아무것도 할 일이 없으면 하루가 너무도 길다. 특히 주머니에 단지 몇 프랑밖에 갖고 있지 않을 때는 더 그렇다. 새 양복은 비에 젖어 윗옷 안감에 주름이 져버렸고, 바짓가랑이에는 진흙이 튀었지만 이젠 몸에 완전히 익숙해졌다.

더 이상 쑥스러워하지 않고 뤼시네 가게에 갈 수 있었다. 군대에서는 식사 시간에 없는 사람 몫의 음식을 대신 받아서 챙겨 주는 게 법칙이다. 뤼시의 카페에서도 그랬다. 덕분에, 식사 시간이 지나서 가도 배불리 먹을 수 있었다.

뤼시의 카페를 나오니 비가 그쳐 있었다. 재판소 쪽을 향해 걷고 있을 때 나도 모르게 갑자기 한 가지 생각이 떠올랐다.

그건 스스로 생각해 봐도 굉장히 놀랄 만한 아이디어여서 그 생각만 하면 마음이 동요되어 숨을 쉬기가 힘들었다. 산소 결핍 상태가 된 가슴속에서 심장이 고동쳤다. 구두 속이 푹 젖어 기분이 좋지 않은 것 따위는 완전히 잊어버렸다.

파리 음악원 문 앞에서 라카즈 씨의 딸을 기다리기로 마음먹은 것이다. 몇 분 동안, 나는 일단 그 기발한 생각을 떨쳐 버리려고 노력했다. 그러나 허사였다. 유복한 소녀와 이야기할 수 있단 생각의 매력에 저항할 수 없었다.

이렇게 추적추적 비가 오는 날 정오에, 라카즈 양과 만나는 것이 마치 약속돼 있던 일인 것만 같았다. 사실, 나는 며칠 전부터 이날의 데이트를 기다려 오지 않았던가.

나를 부추기는 미지의 감정이 어쩌면 사랑일지도 모른다는 생각이 들었다. 솔직히 말하자면, 나는 그 소녀에게 육체적인 욕망 따위는 품고 있지 않다. 원래 나는 사랑하는 사람을 소유하려는 생각 따위는 절대 하지 않는다. 내 지론에 따르면, 그 순간은 늦어지면 늦어질수록 감미롭다.

나는 계속해서 거리를 걸었다. 이성을 잃은 내 영혼이 육체를 떠나 기뻐 날뛰었다. 지나는 행인들이 접어든 우산은 아직 물기로 빛나고 있었고, 벽과 인접한 보도에 깔린 포석들이 점차 말라 가며 하얗게 변하고 있었다.

파리 음악원의 문에는 깃발이 꽂혀 있었다. 4시가 되려면 아직도 50분이나 더 있어야 한다.

시간을 때우기 위해 근처를 거닐었다. 만약 라카즈 양이 나를 사랑하고 있다면, 앞으로 얼마나 많은 행운이 나를 기다리고 있겠는가. 나는 여러 가지 가능성을 검토했다. 확실한 건, 내가 단순히 돈을 목적으로 그녀에게 접근하려는 건 아니라는 사실이다.

만약 그녀가 돈을 주려고 하면, 나는 분개해서 거절할 것이다. 하지만 만일 그녀가 나의 초라한 방을 방문해 준다면, 그때는 당당히 맞이할 것이다.

그래도 이것만은 고백을 해야겠다. 만약 그녀가 가난한 여자였다면, 내 사랑은 시들해질 것이 분명하다. 어째서 그런지 그 이유는 나 자신도 잘 모르겠지만.

파리 음악원의 직원이 문 한쪽을 조심스럽게 열었다. 1분 정도 기다리자 라카즈 양이 드디어 밖으로 뛰어나왔다. 차장에게 표를 내고 제일 먼저 나가려는 전차 승객 같은 모습이었다.

관자놀이와 손목의 혈관이 너무도 세차게 뛰는 바람에 동맥류가 생긴 게 아닐까 놀랄 정도였다. 라카즈 양이 내 옆을 지나치는 순간, 그녀가 나를 똑똑히 알아보았다는 사실을 알 수 있었다. 그녀의 입이 움직였던 것이다.

틀림없이 나를 알아본 모습이었지만, 단지 그것뿐 아무 말도 걸지는 않았다. 나는 뒤를 쫓았다. 머리를 등까지 늘어뜨리고 짧은 치마를 입은 그녀는 정말 아름다웠다. 나는 빠른 걸음으로 걸었다. 그녀가 뒤를 돌아봤을 때를 대비해, 언제든지 걸음을 늦출 준비가 되어 있었다.

그러다 곧 그녀를 앞질렀다. 앞지르며, 모자를 벗고 고개로만 인사를 했다. 그녀는 대꾸하지 않았다.

나는 이미 그녀 앞을 걷고 있다. 그녀가 따라잡을 수 있도록 멈춰 서서 담배에 불을 붙였다. 군대에서 만났던 어느 양갓집의 자제가 말하기를 여성을 에스코트할 때는 우선 허락을 구해야 한다고 했다. 그 가르침을 실천에 옮길 때가 되었다.

그런데 잠시 후, 그녀가 나를 쫓아오지 않는 것 같아 뒤를 돌아보았다. 그녀는 거기에 없었다.

8

다음 날 아침 나는 깜짝 놀라 눈을 떴다. 누군가가 방문을 거칠게 두드리고 있었다. 문은 뭔가 가득 들어 있는 케이스를 지면에 함부로 떨어뜨렸을 때처럼 둔탁한 소리를 냈다.

처음에는 꿈인 줄 알았다. 하지만 문을 두드리는 소리가 계속해서 들렸다. 침대에서 뛰어나왔다. 공포심 때문에, 셔츠 한 장만 달랑 입고 있으면서도 추위를 느끼지 못했다.

"누구십니까?"

아직 자고 있는 척하며 작은 목소리로 물었다.

"나다. 라카즈."

라카즈 씨는 남의 방문 앞에서 큰소리로 이름을 밝혀도 전혀 아무렇지 않은 모양이었다. 나는 열쇠 구멍으로 살짝 밖을 내다보았다. 속눈썹도 눈꺼풀도 없는 눈과 시선이 마주치는 건 아닐까 흠칫거리며.

라카즈 씨는 도대체 무엇 때문에 온 것일까? 내 주소를 확인하기 위해 온 것뿐일지도 모른다. 그렇지 않으면 뭔가 좋은 소식을 가지고 온 것일까?

또다시 문을 두드리는 소리가 울리기 시작했다. 곧바로 문을 열 수도 있었지만, 옷을 입고 있지 않으면 왠지 불안했다.

"잠시 기다려 주세요, 잠시만."

환기를 시키기 위해, 라카즈 씨가 눈치채지 않도록 창문을 살짝 열었다. 바지와 윗옷을 걸치고 수건 끝을 적셔 얼굴을 닦은 다음, 열었던 창문을 조용히 닫았다.

그리고 문을 열었다. 허둥지둥 바지를 끌어 올린 탓에 바지춤이 가슴까지 올라와 있었다. 라카즈 씨는 모자를 벗지 않고 방 안으로 성큼 들어섰다. 그가 몸의 방향을 바꿀 때마다 등나무 지팡이가 가구에 쿵쿵 부딪혔다.

"더러운 놈!"

라카즈 씨가 내 귓전에 대고 말했다. 이 사람은 이미 모든 걸 알고 있다. 이제 끝이다. 나는 어떤 태도를 취해야 할지 몰라, 차라리 무슨 일인지 이해하지 못하는 척했다.

"근본을 뿌리째 뜯어고쳐야 해, 이 뻔뻔한 놈. 아직 어린애를…… 솜털도 벗지 않은 애한테 추파를 던지다니……."

나는 변명도 하지 못한 채 어물거렸다.

"친절히 대해 줘봐야 결국 이 꼴이군. 돈을 주고 일자리를 구해 줬더니 끝내 이 모양이야."

라카즈 씨는 격앙되어 있었다. 얻어맞을지도 모른다는 생각이 들 정도로. 하지만 나는 자신이 이렇게까지 노여움을 살 짓을 했다는 게 믿기지 않았다.

"너, 조심하는 게 좋을 거야. 언젠가 경찰서에 끌려갈 테니. 불쌍한 녀석!"

이 말을 남기고, 라카즈 씨가 문을 박차고 나갔다. 너무나 세게 치고 나가는 바람에 문이 닫혔다가 다시 열렸다. 계단을 내려가는 발소리가 울렸다. 각 층의 층계참에서 발소리가 바뀔 때마다 혹시 라카즈 씨가 돌아오는 게 아닌가 싶어 몸이 떨렸다.

나는 침대에 돌아와 앉아 새로 산 양복을 쳐다봤다. 더 이상 이 양복은 의미가 없다. 아침의 냉기를 맞으며 난장판이 된 방을 둘러봤다. 머리가 지끈거렸다. 친구도 돈도 없는 처량한 인생에 관해 생각했다.

내가 바라는 건, 누군가에게 사랑받으며 다른 사람들처럼 평범하게 살아가는 것뿐이다. 이것이 당치 않은 소망은 아닐 것이다. 오열을 참을 수 없었다. 잠시 후, 억지로 계속해서 울려고 하는 자신을 발견했다. 나는 일어섰다. 볼에 눈물이 말라붙어 있어, 세수하고 타월로 닦지 않았을 때처럼 불쾌해졌다.

블랑세

1

수중에 돈이 좀 있는 날 밤에는 괴테 거리로 나간다. 이 거리는 요리와 향수 냄새로 가득하다. 여기서는 다른 곳보다 싸게 과자를 살 수 있다.

화덕에서 한 번에 석 장의 크레이프를 굽는다. 여기저기 사람들이 모여 있기 때문에 보행자는 빈번히 차도로 내려서야만 한다. 거리의 한가운데에는 경찰서가 있다.

입구 옆에는 모자를 쓰지 않은 경찰관이 몇 명 서 있고, 그 옆에는 자전거도 몇 대인가 놓여 있다. 사진관 앞에는 어느 가게든지, 같은 얼굴이 반복해서 나와 있는 긴 필름이 걸려 있다. 영화 필름을 잘라놓은 듯했다.

문방구에서는 악보가 딸린 가사 카드를 팔고 있다.

이 가게에서는 여름이 되면 파리의 명승고적이 그려진 그림엽서를 판다.

어느 날 밤, 나는 군데군데 풀이 묻어 번쩍이는 영화 포스터를 멍하니 바라보고 있었다. 불량배들의 장난인 듯 여자 주인공 입에 담배를 그려 놓았다.

한심한 짓을 하는 놈들이라고 분개하고 있는데, 근처에 서 있던 한 여자가 눈에 들어왔다. 내가 모르는 사이에, 그녀가 이쪽을 관찰하고 있었던 듯하다. 누군가가 보고 있는 걸 눈치채고 나는 지금 내가 뭘 하고 있었는지 급히 생각을 되짚었다.

보기 흉한 짓은 하지 않았는지 확신이 들 때까지 불안했지만, 그래도 아무튼 기뻤다. 나도 모르는 사이에 누군가가 몰래 나를 봐준다는 건 그다지 나쁘지 않다. 특히 내가 뭔가에 정신이 팔려 있을 때, 나를 보고 있는 누군가가 있다는 게 기뻤다.

예전에, 신문에 실린 군중들 사진 속에 내 얼굴이 끼어 있던 적이 있다. 작은 사진이었지만 얼굴을 크게 확대한 사진이 실리는 것보다 훨씬 더 기뻤다.

그녀는 우아하고 아름다운 여자는 아니었다. 특히 발이 예쁘지 않았다. 하지만 내가 한 여성에게 매력을 느끼는 데는, 그 여자가 나를 바라봐 준 것만으로도 충분하다.

소심한 나는 그녀의 시선을 피하지 않기 위해 대단한 노력을 해야 했다. 하지만 역시 남자가 먼저 시선을 피할 수는 없는 법이다.

나 말고 또 다른 남자가 그 여자를 바라보고 있었다. 모자를 푹 눌러쓰고, 턱에 염소처럼 하얀 수염을 기른 노신사가 길가에 멈춰 서서 양쪽 다리에 번갈아 가며 체중을 싣고 있었다. 마치 물가에 사는 다리 긴 물새 같았다.

노신사는 나에게 순서를 뺏길세라 여자에게 다가갔다. 거꾸로 들면 안 되는 귀중품을 다루는 듯한 손놀림으로 모자를 벗어들고, 그녀에게 뭔가 말을 걸었는데 내 쪽에서는 잘 들리지 않았다.

노신사는 내게 등을 돌리고 있었다. 콧수염 끝이 흔들리는 걸로 봐서 웃고 있든지 이야기를 나누든지 하는 모양이다. 저런 놈은 뺨을 세게 때려주면 좋으련만……

여자는 손을 올리지는 않았지만 그를 외면했다. 당황한 남자는 다시 모자를 쓰고는 조금 전과 같은 자세를 취하기 위해 애를 쓰며, 그녀에게서 떨어져 구두끈을 고쳐 묶는 시늉을 했다.

이번에는 내 차례였다. 나는 그녀에게 다가갔다. 자고로 남자란 허세가 심해 아무리 다른 남자들이 차이는 걸 목전에서 봐도, 여자에게 말을 걸지 않고는 못 견딘다.

"실례합니다만……."

윙크하고 싶은 마음을 꾹 누른 채 내가 말했다.

"저 사내가 뭔가 무례한 말을 한 건 아닌지요. 제가 말을 거는 건 저 남자가 아가씨께 더 이상 치근대지 못하게 하기 위해서랍니다."

"어머, 친절도 하셔라."

그녀가 고개를 들었다. 눈과 귀가 모자 차양에 가려 반쯤밖에 보이지 않았다. 콧대가 미끈하게 빠진 얼굴에, 입을 벌려도 윗입술과 아랫입술 가장자리가 붙어 있는 푸르스름한 입술이었다. 턱에는 둥그런 점이 있다.

"나이 든 남자들이란 참 뻔뻔해요."

"맞는 말씀이십니다. 그런데 뭐라고 하던가요?"

이렇게 물어본 건 단순한 호기심 때문만은 아니었다. 그 남자보다 내 쪽에 호의를 갖고 있다는 걸 알고, 그 기쁨을 조금이라도 더 오래 음미하고 싶은 마음에 이야기를 길게 하려는 것이다.

"음탕한 이야기를 하고 갔어요."

음탕한 이야기라니, 대체 무슨 말을 했을까. 꼬치꼬치 캐물을 용기가 없었지만 그래도 다시 물었다.

"음탕한 이야기요?"

"네, 음탕한 이야기."

아무튼 그렇다고 생각했다. 실제로 나잇값도 못 하면서 라벤더 향수 냄새나 풀풀 풍기며 거리를 배회하는 노인이 적잖이 있다. 그들은 여자를 위해 매일 20프랑씩 소비하는 족속들이다.

그들은 밤 10시까지는 집에 돌아가지 않아도 되는 모양이라 자기 멋대로 하고 다닌다. 하긴 무슨 짓을 하고 다니든, 그건 그들 자유지만.

"이런, 안 되겠군요. 괜찮으시면 같이 가시죠."

"네…… 네……."

나는 그녀의 발을 힐끗 보고 걷기 편한 신발을 신었는지 확인했다. 이상한 말이지만, 그녀와 함께 걷고 있자니 군대에 있을 때 민간인과 함께 걸을 때의 그 야릇했던 감정이 되살아났다. 그만큼 그녀의 스커트나 모피코트, 모자가 자유의 냄새를 풍기는 듯했다.

아마도 그건 꾸밈없이 소박한 옷차림이었기 때문일 것이다. 그녀는 입고 있는 옷의 얼룩이나 주름에 일일이 신경을 쓰는 것 같지 않았다.

뭔가 엉뚱한 일이 생기지 않을까 하는 걱정에 견딜 수가 없었다. 그런 걱정만 없다면 정말 기쁠 텐데……. 실제로 그녀가 무슨 생각을 하고 있는지는 좀체 알 수가 없었다. 그녀가 바로 저쪽 길모퉁이에서 갑자기 작별 인사를 하고 사라져 버릴지도 모른다는 생각에 불안했다.

우리는 서로에 대해 아무것도 모르기 때문에 30분 동안 좀 전의 노신사 이야기를 계속했다. 그러다 노신사에 대해 더 이상 할 얘기가 없어졌기 때문에, 내가 그녀에게 물었다.

"혹시 당신, 배우인가요?"

"가수예요."

"가수?"

"네."

유명한 가수일지도 모른다.

"이름은요?"

"블랑셰 드 미르타."

"미르타? 혹시 예명인가요?"

"블랑셰는 진짜 이름이에요. 하지만 드 미르타는 내가 지었어요."

어디선가 이 공들인 예명을 들어본 적이 없는지 기억을 더듬었다.

"이봐요. 여기서 이대로 헤어지긴 섭섭해요. 나는 10시 5분에 카페 '삼총사'에서 공연이 있어요. 괜찮으면 맥주라도 한잔 마시면서 기다려 주지 않을래요?"

그 순간, 나의 뇌리에는 근사한 방에서 그녀와 함께 생활하는 내 모습이 그려졌다. 나는 화려한 파자마에 슬리퍼를 신고 있다. 밑바닥까지 깨끗한 슬리퍼가 카펫 위에서 자주 미끄러진다.

"혼자 사세요?"

나는 곧바로 질문을 던졌다. 상상을 부풀렸다가 나중에 후회하기는 싫었다.

"네."

"저도 그렇습니다."

그녀는 핸드백 속의 거울을 들여다보며 작은 퍼프로 얼굴에 분을 칠했다.

"이쪽 길로 가지 않으실래요? 좀더 조용히 이야기를 나눌 수 있어요."

그녀가 말하는 '이쪽 길'이란 파란 유리로 만들어진 나이트클럽의 조명이나 호텔의 네온사인이 번쩍이는 길이었다. 이따금 팔짱도 끼지 않은 연인들이 호텔 안으로 들어가는 게 보였다.

짐승의 등줄기처럼 부드럽게 쭉 뻗은 블랑셰의 팔이 내 손가락을 따뜻하게 했다. 그녀의 모자가 귀를 간질였다. 우리는 서로의 허리가 맞닿아 있었다. 행복했지만, 머릿속에 끊이지 않고 바보 같은 생각이 떠올라 나의 기쁨에 찬물을 끼얹고 있었다.

만약 여기서 블랑셰의 친구와 맞닥뜨린다면, 그녀는 어떻게 행동할까? 나를 두고 둘이 가버릴까? 갑자기 내가 통증으로 걸을 수 없게 된다면 그녀는 어떻게 할까? 만약 어딘가의 유리창을 깬다면? 만약 스커트가 찢어진다면? 행인과 부딪친다면…….

가끔 하는 생각인데, 어쩌면 나는 머리가 좀 이상해졌는지도 모르겠다. 늘 행복을 손에 넣으려 하면서도, 정작 중요한 순간에는 엉뚱한 생각이 떠올라 모든 걸 망쳐 버리고 만다.

거리를 지나는 남자가 길을 가로질러 우리에게 다가올 때마다, 내 심장은 고동쳤다. 나는 이 세상에 여자와 단둘이만 남겨지면 안심하지 못하는 성격이다. 블랑셰의 팔을 놓아주고, 그녀의 허리에 팔을 둘렀다. 그녀가 화를 내기 전에 손을 빼기 위해 세심한 주의를 기울이며 조심스럽게 허리를 감쌌다.

그녀는 화를 내지 않았다. 이렇게 되면 이제 키스밖에 달리 생각할 게 없다. 하지만 걸으면서 키스할 용기는 없었다. 그녀의 입에 정확히 닿지 않을 가능성도 있기 때문이었다.

"잠시만요. 말씀드릴 게 있습니다."

내 목소리는 떨리고 있었다. 그녀의 손을 잡고 이빨로 내 입술을 깨물었다.

"뭔데요, 하실 말씀이?"

나는 그녀를 끌어안았다. 무릎과 무릎이 부딪혀 나무공 같은 소리를 냈다. 나는 균형을 잃지 않도록 주의했다. 그녀의 발을 밟거나 하지 않도록.

그리고 재빨리 키스를 했다. 입술을 떼었을 때, 내 모자가 그녀의 모자를 비뚤어지게 만든 걸 알아챘다. 그녀가 즉시 차양이 눈 위로 오도록 모자를 고쳐 썼다. 화가 치밀지만 꾹 참고 있는 게 느껴졌다. 나는 완전히 풀이 죽고 말았다. 양팔을 늘어뜨린 채 한 번 더 키스를 해야 하는 건지, 아니면 우선 사과를 해야 할지 생각했다.

그때 모피 코트로 몸을 감싼 아름다운 아가씨가 옆으로 지나갔다. 나는, 나도 모르게 얼굴을 붉혔다. 블랑셰가 그 아가씨를 질투하고 있다는 걸 눈치챘기 때문이다. 여자들의 질투는 어째서 이렇게 보기 흉한 걸까.

"벌써 10시예요. 저 노래하러 가야 해요."

"네…… 하지만……."

"하지만?"

"괜찮으시다면 다시 한번 키스를 하고 싶습니다. 이번에는 모자 없이."

"원하신다면."

우리는 모자를 벗고 긴 키스를 나눴다. 너무 가까이에서 본 탓인지 블랑셰의 눈이 낯선 사람의 눈처럼 보였다. 그녀가 살짝 나를 밀쳐냈다.

"서둘러요. 지각하겠어요."

우리는 마치 한 우산을 쓴 연인처럼 바싹 달라붙어 방금 지나온 길을 되돌아갔다.

카페 '삼총사'는 손님들로 가득했다. 무대 위에서는 희극 배우가 노래를 부르고 있었다. 가게 안의 포스터 중에 블랑셰 드 미르타의 경쾌한 모습이 보였다. 블랑셰가 '출연자 외 출입 금지'라는 메모가 붙어 있는 문으로 향했고 나는 자리에 앉았다.

주위의 손님들이 나에게 경탄의 눈빛을 보내는 것 같았다. 블랑셰의 연인이라고 생각하는 것이다. 희극 배우에 이어 브르타뉴 출신의 테너 가수가 등장했다. 머리가 길고 잘생긴 남성 피아니스트가 〈팡폴레즈〉의 반주를 시작했다.

내 옆에는 건달같이 보이는 사내가 혼자 고개를 숙인 채 노래를 웅얼대고 있었다. 소매 안쪽으로 팔의 문신이 반쯤 들여다보였다. 조금 더 떨어진 자리에서는 한 여자가 리큐어가 묻어 끈적거리는 손가락을 빨고 있었다.

블랑셰가 무대에 섰다. 분명 눈으로 나를 찾겠지 하고 생각했지만 쓸데없는 생각이었다. 그녀는 손을 깍지 끼고 세 곡의 노래를 불렀다. 노래가 끝나자 스커트를 들어 올리고 무대에서 내려왔다. 몇 분 후, 그녀는 내 자리로 왔다.

"가요."

"댁이 여기서 먼가요?"

"네, 라파예트 거리에 있는 모던호텔이에요."

2

그로부터 1시간 후, 우리는 모던호텔로 들어갔다.

객실 담당자는 끈으로 묶인 것처럼 다리를 꼰 채로 팔걸이의자에 앉아 졸고 있었다. 복도 안쪽의 거울에 내 모습이 비쳤다. 그걸 보면서, 우리는 어느샌가 카펫을 깐 통로 밖에 나와 있었다.

블랑셰의 방은 심하게 어질러져 있었다. 센트럴 히터 위에는 손수건이, 선반 아래쪽에는 셔츠가 걸려 있었다. 천장 가운데에 램프 대신 빨래 걸이가 매달려 있기도 했다.

나는 앉을 용기도 없었고, 그렇다고 해서 달리 무엇을 해야 좋을지 몰라서 그저 방 한가운데를 어슬렁거렸다. 거울이 딸린 옷장 옆을 지날 때마다 옷장 위로 튀어나와 있는 판지 상자가 버석버석 소리를 냈다.

블랑셰는 커튼을 치느라 애를 먹고 있었다. 커튼레일의 위치가 너무 높았기 때문이다. 갖은 애를 써 간신히 커튼을 치고 난 후, 그녀는 나를 신경 쓰지 않고 옷을 갈아입기 시작했다. 셔츠 한 장만 입고 있는 그녀의 얼굴은 아까와는 사뭇 달라 보였다.

그러고는 머리핀의 둥근 쪽 끝을 이용해 귀를 후비고 나서, 세수를 했다. 이상한 세수 방법이었다. 세수가 끝나자 그녀는 갑자기 시트 속으로 파고들었다. 침대 옆의 매트에 발바닥을 닦는 것은 잊지 않았다.

나는 새벽녘에 잠에서 깼다. 방 창문으로 1층 카운터

의 불빛이 새어 들어왔다. 밖에는 비가 오고 있었다. 유리창을 때리는 빗방울 소리가 들렸다.

블랑셰는 침대를 거의 혼자 독차지한 채로 잠에 빠져 있었다. 그녀의 콧방울과 이마가 빛나고 있었다. 반쯤 벌어진 입이 심하게 일그러져 있는데, 윗입술과 아랫입술이 도저히 한 사람의 입이라고는 생각하기 어려울 정도였다.

나는 내 방 침대가 그리워졌다. 살짝 일어나 옷을 입고 비가 오는 거리로 나가고 싶었다. 우리 두 사람의 숨결과 옷 냄새로 가득한 그 방을 빨리 떠나고 싶었다.

태양이 떠올랐다. 의자 등받이에 걸린 옷의 윤곽이 드러났다. 난로 위에 사용하지 않는 꽃병이 몇 개인가 보였다.

갑자기 블랑셰가 눈을 떴을 때, 맨 먼저 보인 것은 죽은 사람의 것인 듯한 안구 두 개였다. 그녀는 무언가 중얼거리더니 양발을 꼼지락거리며 본능적으로 담요를 돌돌 말았다.

나는 침대에서 나왔다. 머리는 부스스하고 셔츠 자락이 울퉁불퉁한 큰 무릎까지 내려와 있었다. 대충 물로만 세수를 한 뒤, 잠이 덜 깬 눈으로 창가에 섰다.

눈앞에는 낯선 길이 쭉 뻗어 있었다. 전차와 우산, 발코니에 걸린 화려한 간판들의 글자가 눈에 들어왔다. 하늘은 회색빛으로 흐려져 있었다. 고개를 들자 빗물이 이마를 적셨다.

"벌써 가게?"

"응."

나는 재빨리 옷을 챙겨 입었다.

"저, 블랑셰. 다음에 또 언제 만날 수 있을까?"

"글쎄."

"내일?"

"그러든지."

나는 애인의 이마에 키스를 하고 방을 나섰다. 계단에는 초콜릿 냄새가 가득했고, 복도에는 쟁반이 놓여 있었다.

1분 후 나는 도로에 나와 있었다.

그 후 나는 두 번 다시 블랑셰를 만나려고 하지 않았다.

에필로그

1

집주인이 방을 빼라고 요구해 왔다. 나 때문에 아파트 주민들에게 항의가 들어온 모양이다. 주민들은 나를 보고 '그 인간은 일을 하지 않는다'고 말하지만, 나는 규칙을 잘 지키며 살아왔다.

계단을 내려갈 때는 발소리를 내지 않도록 항상 주의했고, 누구에게나 친절했다. 4층에 살고 있는 아주머니가 무거워 보이는 시장바구니를 들고 있으면 늘 방에까지 들어다 주었고, 계단 입구에 깔려 있는 석 장의 매트에 언제나 깨끗이 신발의 흙을 닦고 들어왔다.

관리실 옆에 붙어 있는 '주민 규칙'을 나보다 잘 지키는 주민을 본 적이 없다. 르쿠안 씨처럼 계단에 침을 뱉거나 하지도 않았다. 밤에 방으로 돌아올 때는 램프 대신 성냥을 켜도, 그 성냥개비를 바닥에 버린 적이 한 번도 없다.

방값도 매달 거르지 않고 냈다. 그렇다. 나는 꼬박꼬박 월세를 냈다. 물론 관리인에게 팁을 주지는 않았지만 특별히 피해를 끼친 적도 없다. 겨우 일주일에 한두 번, 밤 10시가 넘어 귀가한 적이 있는 정도이다.

그때마다, 문을 여닫는 끈을 끌어당기는 정도야 관리인이라면 잠에 취해 있어도 습관에 젖은 몸으로 저절로 움직일 테니 간단한 일일 것이다.

나는 7층 옥탑방에서 조용히 살아왔다. 노랫소리나 웃음소리를 내지 않도록 늘 신경 썼다. 왜냐하면 일을 하고 있지 않으니까.

나처럼 일을 하지 않는 인간, 일을 하고 싶어 하지 않는 인간은 언제나 미운 오리 새끼이다. 이곳은 노동자들이 사는 아파트이다. 그들과 한 아파트에 살고 있으면서 일을 하지 않는 나는, 그들에게 분명 바보로 보였을 것이다.

하지만 사실은 그들 모두 나를 부러워하고 있었던 게 틀림없다. 나는 자유롭게 살기 위해 고기도, 영화도, 털스웨터도 단념한 사람이다. 그런 나와 마주치면 그들은 자신들의 구속된 생활을 자각해야만 했던 것이다.

물론 나는 내 입장을 자랑할 생각 같은 건 추호도 없다. 하지만 사람들은 그런 나를 받아들이지 않는다. 자유롭게 사는 것도, 가난을 두려워하지 않는 것도 용납해 주지 않는다.

집주인의 퇴거 명령은 법적인 절차를 밟은 정식적인 것이었다. 인지가 붙은 서류를 보내온 것이다. 이곳 주민들이 내가 불결하다거나 오만하다며 집주인을 부추긴 모양이다. 어쩌면 아무 여자나 집으로 끌어들인다고 말했을지도 모른다.

신께서만은 내가 마음이 넓은 인간이라는 걸 아실 것이다. 내가 베푼 선행도 모두 알고 계실 것이다. 어린 시절 내게 용돈을 준 남자를 나는 아직도 생생하게 기억하고 있다.

그와 마찬가지로 많은 아이가 성인이 되고 난 후, 나를 기억해 줄 것이다. 나는 아이들에게 자주 선물을 주고 있으니까. 나는 언제까지나 아이들의 마음속에 살아 있을 것이다. 그렇게 생각하면 한없이 행복하다.

곧 이 방에서 나가야만 한다. 과연 나의 생활이 누구나 이맛살을 찌푸릴 만큼 바르지 못했던 것일까? 그렇다고는 절대 생각하지 않는다.

2주 후면, 나는 더 이상 이곳에 있지 않을 것이다. 방 열쇠도 반납해야 한다. 나는 여기서 3년 동안 지내 왔다. 3년 전, 나는 이 방에서 군복을 벗어 버리고 이제부터는 분명 행복해질 거라고 다짐하고 또 다짐했다.

그렇다. 2주 후에는 이곳을 떠나야만 한다. 어쩌면 내가 나가고 난 후, 주민들은 금방 후회할지도 모른다. 뭔가 변화하고 나서야 문득 가슴에 꽂히는 것이 있는 법이니까. 예를 들어 그것이 아주 사소한 변화일지라도. 그들은 내게 너무 심했다고 느낄 것이다. 물론 그렇게 느끼는 건 아주 잠깐이겠지만, 나는 그것으로 만족한다.

그들은 분명히 아무도 없는 이 방을 보러 올 것이다. 가구는 전부 옮겨지고 없을 테니, 하다못해 붙박이장이라도 열어볼지 모른다. 하지만 남아 있는 건 아무것도 없다.

이제 다 끝났다. 이 방의 벽에 반사되어 나에게 시간을 알려 주던 태양과도 이제 이별이다. 벽의 페인트칠도 새로 하겠지. 지붕도 기술자가 수리하러 올 것이다.

내가 없어도 모든 게 변해 간다는 사실은, 참으로 기이한 일이다.

2

어느 아파트에서도 방을 빌릴 수 없었다. 그래서 가구를 전부 팔아 치웠다. 밤 10시, 나 혼자 싸구려 호텔 방에 앉아 있다. 최고다. 드디어 그 아파트 주민들과 인연을 끊고 몽루주를 떠나게 되었다.

나는 방 안을 둘러보았다. 이제부터는 여기서 사는 것이다. 방에 딸려 있는 옷장을 열어 본다. 아무것도 들어 있지 않다. 선반에 헌 신문지가 깔려 있을 뿐이다.

창문을 열어도, 안뜰의 공기가 거기서 정체된 탓인지 미풍조차 들어오지 않는다. 맞은편 방의 커튼 뒤로 사람의 형체가 왔다 갔다 하는 게 보이고, 그 너머로 전차 바퀴 소리가 들린다.

방 가운데로 돌아오니 촛불이 반듯하게 타오르고 있었다. 촛농이 흘러내린다. 이 방에서는 불꽃도 흔들리지 않고, 연기도 피어오르지 않는다.

　물병 위에는 접은 행주가 있고, 유약을 바르지 않은 작은 도자기 병의 주둥이에는 컵을 엎어 뚜껑처럼 씌워 놓았다. 화장대 앞의 리놀륨 장판 바닥은 오랫동안 젖은 발로 밟아온 탓인지 퇴색돼 있었다.

　침대 밖으로 삐져나온 스프링이 반짝반짝 빛난다. 누구의 목소리인지는 모르지만, 계단에서 자주 들리는 말소리가 또 들려왔다. 이불 위에 접어놓은 시트도, 회벽도 다 같은 흰색이다. 옆방에서는 아직 본 적 없는 이웃이 움직이고 있다.

　정원용 접이식 의자에 앉아 나의 장래에 대해 생각해 보았다. 언젠가 분명 행복해질 것이다. 언젠가는 나를 사랑해 주는 사람이 나타날 것이다. 그렇게 믿고 싶다. 하지만 언젠가, 언젠가 하며 지내온 지 이미 오래다.

　오른쪽 옆구리를 밑으로 깔고 침대에 누웠다. 심장을 위해서다. 빳빳한 시트는 완전히 차갑게 식어 있었다. 그래서 이불 속으로 손발을 조심스럽게 집어넣었다. 발이 꺼칠꺼칠한 걸 느낄 수 있었다.

　좀 전에 문을 닫았는데도 왠지 열어 놓은 것 같은 기분이 들었다. 누군가가 침입할 것 같다. 그나마 열쇠를 방 안의 열쇠 구멍에 꽂아 두었으니 다행이다. 이렇게 해놓으면 밖에서 다른 열쇠로 문을 열려고 할 때 금세 알아챌 수가 있을 테니까, 그런 식의 침입은 얼마든지 막을 수 있다.

　자고 싶다. 하지만 트렁크에 접어서 넣어 온 옷에 신

경이 쓰여 잠을 잘 수가 없다. 꼬깃꼬깃해졌을 것이다.

침대가 따뜻해졌다. 발을 절대 움직이지 않았다. 어설피 움직이다 발톱으로라도 시트를 건드리는 날이면 등골이 오싹하다. 오른쪽 귀가 베개 위에 제대로 펴져 있는지, 혹시 접혀 있지는 않은지를 확인한다. 옆으로 접힌 귀만큼 꼴사나운 건 없다.

이번에 이사를 하면서 어쩌다 허리를 다치고 말았다. 줄에 꽁꽁 묶여 있는 자신을 상상할 때처럼 갑자기 갑갑해져 무턱대고 몸을 움직이고 싶어졌다. 하지만 참았다. 지금은 자야만 한다.

눈을 크게 떠도 아무것도 보이지 않는다. 창문조차 보이지 않는다. 죽음과 하늘을 생각한다. 나는 죽음을 떠올릴 때마다 항상 하늘에 가득한 별을 생각한다. 무한한 자연과 비교하면 나 따위는 너무나 보잘것없는 존재지만, 이런 철학적 성찰은 빨리 접으려 한다.

내 몸이 따뜻하다. 틀림없이 살아 있다. 그렇게 생각하면 안심이 된다. 애정을 담아 나의 피부를 만지며, 심장의 박동 소리에 귀를 기울인다.

하지만 가슴에 손을 대지는 않는다. 사실 아무리 무섭다 해도, 심장 박동 소리만큼 무서운 건 없다. 명령도 하지 않았는데 규칙적으로 움직이는 이 기관은, 언젠가는 분명 허망할 정도로 간단히 멈춰 버릴 것이다.

몸 구석구석을 움직여 본다. 아무 데도 아프지 않다. 그걸 확인하고 나니 호흡하기가 편해졌다.

고독, 얼마나 아름답고 또 슬픈 일인가. 스스로 선택

한 고독은 더할 나위 없이 숭고하지만, 내 뜻과 상관없는 오랜 세월의 고독은 한없이 서글프다. 강한 사람은 고독해도 외로움을 느끼지 않는다. 하지만 나는 약한 존재이다. 그래서 친구가 없으면 외롭다.

역자 후기

소설 『나의 친구들』의 작가 에마뉘엘 보브는 국내에
서는 잘 알려지지 않은 작가다. 1898년 파리에서 태어
나 1945년 악액질과 심부전으로 세상을 떠났다. 러시아
계 유대인 아버지와 룩셈부르크 출신 어머니 사이에서
태어난 보브는 14살에 이미 소설가가 되고 싶다는 꿈을
가졌다. 1923년 기자로서 첫 커리어를 시작했고 시도니
가브리엘 콜레트가 그의 소설을 눈여겨보면서 1924년
첫 소설 『나의 친구들』이 발간되었다.

번역가이기 이전에 프랑스어를 공부하고 소설을 좋
아하는 독자로서 좋은 작품을 만나는 일은 더없이 즐거
운 일이다. 그런 의미에서 소설 『나의 친구들』과의 만
남은 개인적으로 가장 좋아하는 프랑스 소설인 로맹 가

리의 『자기 앞의 생』을 읽을 때와 같은 기쁨을 주었다. 『나의 친구들』 작업을 하면서 『자기 앞의 생』을 읽을 때와 비슷한 느낌이 들곤 했는데, 자료 조사를 하다 보니 이 두 위대한 프랑스 작가에게서 비슷한 느낌을 받은 이가 나만은 아닌 것 같다. 리모주 대학 불문학 박사 과정 논문으로 제출된 「에마뉘엘 보브와 로맹 가리의 작품 속에 나타난 환멸과 마술적 환희*Désenchantement et réenchantement dans les oeuvres romanesques d'Emmanuel Bove et de Romain Gary*」라는 제목의 논문으로 그 사실을 알 수 있다. 에마뉘엘 보브는 1차 세계대전 이후의 모습에 대해, 그리고 로맹 가리는 2차 세계대전 이후의 모습에 대해 언급하고 있어, 두 사람 모두 세계대전이라는 큰 전쟁을 치른 후의 인간에 대한 환멸과 그럼에도 불구하고 마법 같은 회복을 이야기한다고 논문의 저자는 말하고 있다.

에마뉘엘 보브는 평범한 사람들의 삶을 디테일하게, 연민을 가지고 묘사하며 인간 존재의 본질을 포착하는 단순하지만 심오한 스타일을 가졌는데, 소설 출간 당시 많은 독자들의 눈에는 띄지 못했지만 세계대전 이후 '부조리'라는 화두를 던졌던 『이방인』의 알베르 카뮈나 『고도를 기다리며』의 사뮈엘 베케트 등의 작가에게 많은 영향을 미쳤다. 특히 사뮈엘 베케트는 에마뉘엘 보브의 디테일을 높이 평가하며 "에마뉘엘 보브는 그 어떤 누구보다도 본질적인 디테일을 다루는 본능을 가진 작가다"라고 극찬하며 그를 프랑스 문학에서 중요한 인물 중에 하나로 여겼다.

에마뉘엘 보브는 1928년 작가 외젠 피기에르가 창설한 피기에르 문학상을 수상했다. 이 상은 40세 이하의 젊은 작가 중 최근 3년간 잘 알려지지 않은 좋은 소설을 쓴 작가에게 수여하는 상으로, 보브는 1924년 작 『나의 친구들』과 1928년 작 『연합La coalition』으로 첫 수상자가 되기도 했다.

에마뉘엘 보브가 1924년 처음 발표한 『나의 친구들』은 세계대전에 참전해 부상을 입어 상이군인 연금으로 생활하는 가난하고 소외된 빅토르 바통이 친구를 만들기 위해 다양한 사람들을 만나는 이야기다. 100년이 지난 지금의 사회에도 빅토르 바통이라는 인물에 이질감이 전혀 느껴지지 않는 이유는 그가 느끼는 소외와 고독, 그리고 친구를 만들고자 하는 열망이 모든 것이 연결된 이 시대에 오히려 극심한 단절을 느끼고 있는 우리 자신과 별반 다르지 않기 때문일 것이다.

사실 이 책의 가장 큰 장점은 시대와 국가를 떠나 재미있게 읽힌다는 점이다. 에마뉘엘 보브의 디테일한 묘사는 마치 한 편의 영상 브이로그를 보듯이 눈앞에 그려져 문자를 읽는 즐거움을 주고, 주인공 내면의 생각과 감정을 파헤치는 단순하고도 직접적인 문체는 마치 나

자신을 들여다본 듯 적나라해 오히려 위로를 받게 한다.

아무쪼록 역자가 즐겁게 작업했듯이 『나의 친구들』을 선택한 독자들도 같은 즐거움을 갖기를 바라본다.

나의 친구들

초판 발행	2023. 8. 30.
초판 2쇄	2024. 5. 24.
저자	에마뉘엘 보브
역자	최정은
발행인	이재희
출판사	빛소굴
출판 등록	제251002021000011호.(2021.1.19.)
팩스	0504-011-3094
전화	070-4900-3094
ISBN	979-11-980885-6-7(03860)
이메일	bitsogul@gmail.com
주소	경기도 고양시 덕양구 꽃마을로 66 한일미디어타워 1430호
SNS 인스타그램	instagram.com / bitsogul
트위터(X)	twitter.com / bitsogul
네이버블로그	blog.naver.com / bitsogul